HELLO EDITIONS
www.helloeditions.fr

ISBN 9782384626472

Dépôt légal : Mai 2023

Conception graphique : Orlane EZ

Imprimé en Europe

Gérard Blandin

Journal intime d'une boîte aux lettres sous antidépresseurs

HELLO EDITIONS

Avertissement

Toute ressemblance avec une boîte aux lettres existante ou ayant existé serait une pure manifestation du hasard et ne pourrait en aucun cas engager la responsabilité de l'auteur au demeurant juridiquement inattaquable.

À toutes les assignées à résidence.

« Tu as tout à apprendre, tout ce qui ne s'apprend pas :
la solitude, l'indifférence, la patience, le silence. »
Georges Perec, *Un homme qui dort.*

« Conserve fermement ton esprit lucide.
Si tu souffres, ne t'absorbe pas dans
la sensation de la souffrance.
Si tu éprouves un reposant engourdissement d'esprit,
Si tu te sens enfoncer dans une calme obscurité,
un apaisant oubli,
Ne t'y abandonne pas.
Demeure alerte. »
Alexandra David-Néel, *Textes tibétains inédits.*

PREMIÈRE PARTIE

Ex ante

1.

Le monde, pour ce qu'il m'a été loisible de constater, est divisible en deux. Il y a ceux qui donnent. Et ceux qui reçoivent. Pour ma part, je relève fort logiquement de la seconde catégorie : je suis… une boîte aux lettres. Attention, pas n'importe laquelle, le top model *Classica* fixation murale, simple face avec volet, conforme à la norme NF D27-404. J'appartiens ainsi à une communauté de vingt-deux boîtiers individuels, rivetés autour d'une imposante boîte collective. Comme mes honorables consœurs, j'arbore un habillage double enveloppe en tôle d'acier, lui-même revêtu d'une protection bimétale et laquée. Avec une finition en poudre polyester, polymérisée à haute température, du plus bel effet. Quant à mon portillon, il est en ronce de séquoia, ce qui, vous en conviendrez, n'est pas commun. Bref, sans aborder mes mensurations – ma contenance est nettement supérieure à la moyenne – j'ai plutôt fière allure.

Vous l'avez compris, sensible à la vanité des apparences, je suis une boîte urbaine ou citadine, comme bon vous semble. Mais, ne vous méprenez pas ! En usant de ce qualificatif, je ne manifeste aucun ostracisme à l'égard des boîtes rurales pour qui j'éprouve le plus grand respect et avec lesquelles j'entretiens des relations épistolaires suivies. Simplement, nos modes de vie sont par trop différents. La boîte que je suis vit en collectivité. Pour ne pas dire dans une grande promiscuité. Rien de comparable avec le modèle individuel sur pied en matériau composite, muni d'une porte anti-intrusion en polycarbonate ; celui-ci mène une existence quasi monacale à l'orée d'un pavillon de banlieue ou reste fiché dans la glaise en rase campagne. Et rien de semblable non plus, avec mes cousines germaines en tôle galvanisée, installées dans des habitats dits sociaux, qui n'ont souvent comme seule perspective que l'éventration.

Depuis mon installation dans la capitale, il y a maintenant deux paires de lustres, je loge avec bonheur à la même adresse — les boîtes aux lettres, c'est un fait, déménagent rarement. Mon point d'ancrage se situe au commencement d'une grande artère, à un lancer d'imprimé de la place de la Bastille, dont les lignes ont été redessinées au profit des pédestres. C'est un endroit vivant pour ce que j'en aperçois lors de l'ouverture de la porte, mais souvent très bruyant. Pas une décade sans qu'on entende des slogans hostiles, scandés par des milliers d'individus arborant souvent un gilet d'un jaune électrique. « Paradis pour les uns, pas un radis pour les autres » ; « Plus de banquises, moins de banquiers » ; « Macron, t'es foutu, les Gaulois sont dans la rue » ; « Ohé, Jupiter, on va t'botter l'derrière ! ». À mon sens, au lieu de s'époumoner, ils seraient plus inspirés de coucher leurs idées sur le papier. *Verba volent, scripta manent* (Les paroles s'envolent, les écrits restent), comme l'enseigne un proverbe découvert un matin sur un tract, jeté en tapinois dans mon intérieur. Et, au surplus, nous les boîtes, nous en ferions bon usage.

À l'instar de mes semblables, je porte un nom, sans que ce soit le mien. Oh, contrairement aux apparences, je vis avec ravissement ce dédoublement de la personnalité. En fait, je suis ni plus ni moins dans la situation d'une épousée ayant troqué son nom de jeune fille pour celui de son conjoint. Dans mon cas, j'en porte même deux, c'est dire si j'assure dans mon caisson.

En premier, j'endosse le nom de la famille qui a eu l'idée providentielle de m'adopter, à savoir un jeune couple avec un enfant préadolescent pour qui j'ai la plus grande tendresse. Un « Diok » comme disent les amateurs d'acronymes, à savoir un « Double income, one kid ». Si j'en juge par les bulletins de salaire reçus, Monsieur fait profession de journaliste dans un hebdomadaire à grand tirage et Madame de proviseure dans un lycée de renom. J'aurais pu tomber plus mal. Quant au garçon, il s'est lancé récemment dans le grand bain d'un collège du quartier, niché dans un ancien hôtel particulier de la rive droite.

En second, je revêts celui imprononçable d'une entreprise domiciliée à la même adresse. À ses heures perdues – c'est le mot –, Monsieur s'échine à rentabiliser une activité culturelle dont les revenus figurant sur les relevés bancaires inviteraient plutôt à cesser l'expérience.

Je m'abstiendrais naturellement de tout commentaire sur les traits physiques de chacun. C'est contraire au code d'honneur des boîtes aux lettres. Quand bien même je le voudrais, Monsieur ne s'attarde pas devant mon intimité ; Madame ne m'ouvre pour ainsi dire jamais, sauf à mon corps défendant lorsqu'elle me prend pour une consigne ; quant au petit, il ne dispose pas encore du précieux sésame.

Néanmoins, j'avoue un faible pour Monsieur qui reçoit du courrier en abondance – que voulez-vous, c'est mon étalon de référence – et aussi des journaux et ouvrages à profusion, dans des domaines aussi divers que la littérature concentrationnaire et la théologie, notamment celle de la libération. D'où mon vocabulaire éclectique parfois déroutant, mais qui apparaît comme le juste reflet de mes lectures intestines. Associer, par exemple, du Jean Cayrol (« Il ne faut rien laisser dans l'ombre, les ténèbres sont si vite arrivées ») et du Saint-François de Sales (« C'est le meilleur de ne rien désirer et de ne rien refuser »), j'aimerais vous y voir !

En tout cas, c'est une chance pour une boîte avide de connaissances dont l'unique ambition est de s'ouvrir au reste du monde. Et d'explorer d'autres univers que le pan de mur crémeux constellé de micro-graffitis qui se dresse obstinément devant elle.

Ah, j'oubliais ! Grâce au fils de famille, je porte également un « Stop pub », autocollant aux couleurs criardes, orné d'un petit sens interdit. Adhésif censé repousser les ardeurs des distributeurs de prospectus. Et économiser la bagatelle de quarante kilos de papier par an. Rien de mieux, dit-on, pour mettre sa poubelle au régime. Mais, en l'avisant, les intéressés ont un malin plaisir à m'accabler en nombre des imprimés prohibés. Notamment les dépanneurs express qui se dissimulent derrière des numéros d'urgence. Les plus pervers…

Pour parfaire le tableau, j'affiche aussi le « 22 » en numéro de référence. Comme j'ai pu le lire dans un supplément consacré à la numérologie, ce nombre est associé à la convivialité avec cette faculté de rayonner et d'attirer l'attention. C'est tout moi. Pas la peine de s'étonner si certaines boîtes affichant cette distinction sont hypertrophiées du caisson. Ce qui n'a jamais été mon cas, je vous assure. Mais, sans faire violence à ma modestie, je me serais bien vue afficher le chiffre « 1 », s'il n'avait été attribué à ma camarade qui œuvre pour l'officine de pharmacie. Ou plutôt peine, car c'est la seule à se faire agresser par des enragés. Les malheureux, ils croient trouver en son sein des substances donnant accès à des paradis artificiels, alors qu'elle ne reçoit pour l'essentiel que le double des bons de livraison. En tout état de cause, « 1 » ou « 22 », peu m'importe cette hiérarchie numérique, je ne suis pas un numéro, je suis une boîte aux lettres !

2.

Les boîtes de mon entourage, qui répondent tout autant à la norme NF D27-404 précitée[1], se divisent également en deux catégories. Il y a celles qui se réjouissent d'être régulièrement fécondées. Et celles qui se lamentent d'être trop souvent esseulées. Même si, dans la première division, un distinguo pourrait s'opérer tenant à la qualité des pièces reçues. Mais là aussi, notre éthique nous interdit de porter un regard critique sur notre contenu. Nous ne sommes, faut-il le préciser, que des garants, pas des censeurs. Il n'empêche, nous, *top models Classica*, formons un ensemble pluriel, comme il

[1] Ce standard a été révisé afin de tenir compte des prescriptions de la norme européenne EN 13 724 « Services postaux — Fenêtres d'introduction de boîtes aux lettres et d'entrées de courrier particulières ».

est fréquemment vu dans les immeubles de construction ancienne, au service de personnages singuliers. Permettez-moi donc de vous présenter mes voisines d'antichambre.

En deçà de mon noble habitacle se loge ainsi une première et véritable boîte amie. Sa mission est de réceptionner le courrier d'une dame âgée dont l'une des particularités est de discourir aussi bruyamment qu'elle est sourde. Avec un art consommé de la séparation syllabique, à l'image de son fameux : « Bon-jour Mô-sieur, bon-jour Mâ-dâme ». Ce trait s'est d'ailleurs accentué après la disparition de celui qui partageait l'ouverture de sa boîte.

J'ajoute, pour une meilleure compréhension, qu'un léger voile nimbe l'un de ses cristallins. Aussi, quand elle se positionne à ma hauteur en s'appuyant sur sa béquille anglaise, elle me chatouille régulièrement avec sa clé. Certes, quand elle essaie de me forcer, en me triturant l'orifice, c'est assez désagréable. Mais, je lui pardonne bien volontiers au regard de ses handicaps physiques.

Pour tromper sa solitude, cette dame a multiplié à l'envi les abonnements à la presse magazine, avec une préférence pour les titres dédiés aux recettes de cuisine, aux ingrédients de la santé et aux menus de la télévision. Une boîte normale – si tant est que la normalité existât dans notre communauté – aurait la nausée de cet afflux de papier. Mais ma charmante voisine, animée d'un bel esprit sacrificiel, n'en fait point cas. C'est tout à son honneur. Et c'est à cette aune d'ailleurs qu'on reconnaît les meilleures d'entre nous.

Ma voisine du dessus – elle jouxte le tableau recensant le nom et l'étage des divers occupants – n'a jamais connu un tel débordement. Avec application, celle-ci accueille la correspondance d'un couple de quinquas, dont le nom à deux branches est relié par une fine particule. Ah, le prestige de la préposition ! Un « de » ou un « d' » en l'occurrence, ça vous pose immédiatement une boîte. N'y voyez aucune jalousie. Le nom que je porte est fort estimable, même s'il est partagé sans doute par plusieurs milliers d'âmes. Néanmoins, un atome nobiliaire gravé sur ma plaquette ne m'aurait pas laissée indifférente. En tout cas, particule ou pas, aucune distinction n'est pratiquée par nos donateurs, esprit républicain oblige. Il n'y a pas de jeté plébéien pour le *lumpenproletariat* et de glissé aristocratique pour la crème : nous sommes toutes logées à la même enseigne.

De ce couple « Dink » – « Double income, no kid » – je n'ai que des impressions fugitives, du fait que leur courrier s'égare rarement dans mon logis. Néanmoins, l'homme est un personnage central dans notre univers, car il tient les rênes du conseil syndical. À titre bénévole, à l'instar de vos honorables servantes. Souvent, il discourt devant nos portes sous le globe de lumière. C'est de la sorte que nous sommes informées des affaires de notre habitation — une voie d'eau surgie des bas-fonds ou une intempérance du dernier chalet de nécessité. Et de celles de nos charmants habitants. Car, je ne saurais trop vous dire pourquoi, le vestibule est un lieu propice à l'épanchement. Comme dans un vestiaire, on se met facilement à nu devant nos aimables casiers. Sans doute parce qu'ils se situent dans une zone neutre, sans risque ni dangerosité, à la lisière du dedans et du dehors. Mais les confidences entendues sont parfois déroutantes. À l'expérience, en faisant abstraction des questions sanitaires – « Comment allez-vous ? » – et météorologiques — « Vous avez vu le temps qu'il fait ? Il n'y a plus de saisons » — elles tournent autour d'un même thème que je situerais… en dessous du niveau de la dernière rangée de boîtes aux lettres. Surtout pour les plus jeunes générations ! En fait, j'exagère. Lorsque Monsieur rencontre – avec un sourire extatique – la jeune doctorante en lettres modernes, les échanges peuvent porter sur des sujets moins terre à terre, comme la littérature des ténèbres ou les derniers avatars du principe de synchronicité.

La boîte située à droite – j'entends sur un plan géographique – fait partie de celles où figure un nom propre en solitaire. Mais son occupant ne vit pas dans l'aisance. Il est simplement, en dépit de son jeune âge, chômeur de longue durée. Autrement dit, c'est un « Ninja » pour « No income, no job, no assets ».. J'ai appris cette désolante nouvelle avec sa convocation à un premier entretien ; elle remonte maintenant à plus d'un an. À l'époque, ma voisine avait dû émettre de telles vibrations que le pli s'était dérouté de sa route. Depuis, le jeune homme éprouve une sainte horreur non pas du vide, mais du trop-plein de correspondance. Car, à ses yeux, un courrier est devenu forcément une matière anxiogène, type convocation avant radiation, rappel de quittance due ou découvert à combler. « Nous n'avons pas reçu à ce jour le règlement de votre facture. Il s'agit sûrement d'un oubli. Si ce n'est pas le cas, nous vous remercions de nous adresser dans les plus brefs délais… ». Avec une telle prose, on ne peut que partager sa phobie des lettres.

Reclus dans son studio du bâtiment B – celui donnant sur l'étroite cour pavée –, il ne répond plus à l'interphone. Quant à son courrier, il se limite à des lettres de relance ou des avis de recommandés. À aller retirer sous quinzaine à la Poste. C'est très très difficile à vivre pour sa boîte.

Tendance paranoïaque sur ma droite et… troubles de la personnalité sur ma gauche. Pourtant, on pouvait supposer au départ que les fées s'étaient penchées sur le réduit de cette voisine. Recevoir le courrier d'une hôtesse de l'air affectée aux longs courriers de la région Asie-Pacifique, vous pensez, toutes les boîtes en rêveraient ! À la seule vue de la griffe bleutée « Par Avion » apposée sur les enveloppes bordées d'un liseré bleu-blanc-rouge, la griserie est immédiate. Et que dire des timbres affranchis – avec les noms en latin pour forcer le trait de l'exotisme – représentant une faune inconnue ou une flore d'une beauté saisissante. Quelle source d'émerveillement pour nos sens ! Et quelle différence avec notre « Joconde » !

Oui, nous l'appelons ainsi notre Marianne, icône des boîtes aux lettres, que nous chérissons toutes comme une déesse. Cependant, l'accoutumance aidant, son profil gauche sur fond rouge coiffé d'un bonnet phrygien auréolé d'étoiles ne nous fait plus vibrer comme jadis. J'avais aimé la Marianne évanescente de Briat — l'une des rares à nous faire face avec un regard insondable — un peu moins celle au visage endurci de Luquet – trop révolutionnaire à mes yeux – et éperdument celle poétique de Lamouche — dont l'esthétique à la Magritte m'invitait à la rêverie. Mais, l'allégorie d'Yseult Digan – l'engagée –, avec sa froide détermination et sa chevelure de Gorgones, semble affectée de tous les maux de la République. C'est fâcheux. Que les artistes se décident à nous graver des Marianne qui respirent la joie de vivre. Pour le bien de notre santé mentale. Heureusement, les timbres dits de collection sont présents pour chasser nos idées noires et nous donner un semblant de vernis culturel.

Mais revenons à notre hôtesse. Ou plutôt à ses cartes postales du bout du monde. Lorsque l'une d'elles s'égarait sous mon toit, je l'avoue humblement, je priais en silence pour que Monsieur oublie de relever son courrier. Puis un matin, sans aucun signe annonciateur, ce fut le silence postal total. Ma voisine alla jusqu'à imaginer le pire. À la seule idée de savoir son hôtesse voler à dix mille pieds, quand nous sommes nous-mêmes en suspension à seulement cinq du sol, elle se rongeait les huisseries, c'est normal. Mais, alertée sur l'éventualité d'un crash, je n'en trouvais nulle trace dans les journaux de Monsieur. Je m'empressai de le lui dire. Elle fut soulagée. Du courrier commença alors à s'empiler pour une destinataire inconnue. Au début, elle crut à une erreur d'aiguillage. Puis, elle dut se rendre à l'évidence lorsqu'elle fut tirée de l'obscurité : une nouvelle locataire occupait les lieux.

Aussi, chaque été, à l'échéance du bail de ce modeste meublé, elle se trouve dans un état proche de celui d'un animal placé dans un refuge de la SPA, en attente d'être adopté par un nouveau maître. Avec en toile de fond ces questions lancinantes : aurais-je enfin la chance de nouer une relation durable ? Sans être de grands épistoliers, mon nouvel occupant et ses correspondants seront-ils sensibles aux charmes de l'écrit ? Et serais-je à la hauteur de leurs exigences ? Vous comprenez pourquoi nous préférons les propriétaires aux locataires. Il ne s'agit nullement d'une distinction fondée sur l'argent, ni d'une coquetterie de notre part, encore moins de nous calquer sur une quelconque idéologie. C'est tout simplement un crève-cœur de voir disparaître aussi brutalement celles et ceux avec qui nous avons partagé des années durant tant de confidences et d'intimité.

Avec mes autres consœurs, je corresponds assez peu. Nous vivons les unes à côté des autres – ou les unes sur les autres – mais nous ne nous connaissons pas vraiment, pas comme mes voisines proches. Alors que notre métier consiste à transmettre inlassablement les bonnes et mauvaises nouvelles, nous ne sommes pas douées pour la communication. Ce n'est pas le moindre de nos paradoxes. Cependant, nous éprouvons toutes de la tendresse pour notre « aînée », la plus grande par la taille. C'est la seule à n'afficher aucune identité sur sa porte, malgré l'étendue de sa surface, hormis l'intitulé : « Courrier volumineux ». Et sa serrure a été pensée de telle manière par notre Créateur qu'elle peut être ouverte avec chacune des clés faisant office de passe. Elle a donc sa fierté, mais peu de vie privée.

Chaque jour que la Poste fait, elle est tenue d'accueillir avec bienveillance ce qui nous est, hélas, impossible d'héberger : beaux livres, coffret cadeaux, catalogues de vente par correspondance… Tout ce qui répond à la norme XXL. Jamais d'enveloppes traditionnelles ni de cartes postales en couleur. Encore moins d'invitations à participer aux soldes privées. C'est affligeant. Mais elle n'en nourrit aucun ressentiment. En revanche, elle souffre de névrose vis-à-vis des distributeurs de prospectus. Car ces mécréants la traitent souvent comme une poubelle de bas étage. Régulièrement, après nous avoir gavées, ils ne se gênent pas pour écluser chez elle le reste de leurs marchandises. Pour abréger leur tournée. Pas deux ou trois réclames, mais des blocs de dix. Néanmoins, son désarroi atteint son paroxysme lorsqu'un quidam chipe dans son antre le paquet d'un autre, intentionnellement ou pas. Car, en cas d'erreur sur la personne, elle est consciente d'une règle qui souffre peu d'exception : autant les plis de taille modeste peuvent retrouver leurs destinataires par des voies détournées, autant les siens, d'une certaine envergure, sont perdus à jamais. Nous éprouvons donc un sentiment diffus à son égard. On l'envie pour ses mensurations généreuses, mais après mûre réflexion, on ne souhaite pas vraiment partager son sort.

3.

Le quotidien d'une boîte aux lettres n'est pas réglé, tant s'en faut, comme une minuterie ou le groom d'une porte d'entrée. Mais il suit fidèlement – hormis notre seul jour de relâche – un cycle à quatre temps qui ressemble à s'y méprendre à celui du moteur à explosion. La distribution matinale est naturellement notre admission, la bonne réception qui suit notre compression, la conservation des pièces transmises notre combustion-détente et la transmission finale notre échappement. Et, parmi ces quatre temps forts d'inégale durée, le premier est sans conteste celui qui flatte nos egos, enchante nos sens, illumine nos vies. Sentir les yeux de notre bien-aimé se poser sur nous, le voir nous tendre un courrier à notre nom, l'entendre lever le volet métallique qui barre notre ouverture avant l'introduction du pli… Oui, je peux l'affirmer, à cet instant précis, nous atteignons toutes les hautes sphères de la plénitude.

Dès le jour de la lune, le rituel magique de la distribution peut débuter. À la mi-matinée, dans un créneau horaire relativement immuable, notre céleste messager gare devant la porte d'entrée son destrier couleur de lumière. Ou son caddie bleu marine quand le ciel ne s'y prête pas. C'est un moment merveilleux, hors du temps, que nous attendons toutes avec impatience. Et marque assurément le point de départ de notre imprévisible journée. La commencer en étant comblé par l'être cher, je vous le demande, n'est-ce pas tutoyer le bonheur absolu ? Mais a contrario, lorsqu'il nous laisse insatisfaites – et le cas n'est pas rare – je vous laisse deviner notre ressentiment. Lui, de son côté, ne laisse rien paraître. Qu'y a-t-il de plus normal ? S'il devait multiplier à l'infini les démonstrations d'affection, il aurait la plus grande peine à achever sa tournée. Néanmoins, je suis persuadée qu'il doit ressentir toutes ces vibrations positives, émanant de nos cœurs à l'unisson, avant de distribuer ses largesses.

Du panier grillagé placé à l'avant de son auguste monture, notre archange extrait une large sacoche en plastique souple qui contient nos précieuses missives — ce possessif est un brin excessif, je le concède, mais ces plis nous appartiennent pour un temps indéterminé jusqu'à la venue de nos chers amphitryons. Avec doigté, il attrape le paquet du dessus cerclé d'un élastique correspondant au numéro de l'immeuble. Puis, il en détache un premier lot, toujours épais, dont les différentes couches constituées de magazines sont séparées par des films plastiques. En faisant pression du bout des doigts sur ce millefeuille, il tente de l'introduire – vous l'avez deviné – dans la meurtrière de ma voisine du dessous, alors en pleine possession de ses moyens. L'exercice est délicat. Et il lui arrive souvent de forcer l'admission.

Dès qu'il a accompli cette tâche, notre galant essaie de nous contenter les unes après les autres, en suivant un ordre illogique, celui de l'alphabet. Pourquoi diable la boîte au nom commençant par la première lettre devrait-elle être assouvie en priorité ? La capitale qui enjolive le mien est tout aussi honorable. Et pourquoi pas les boîtes des femmes et des enfants d'abord ? Après tout, un courrier, dans certaines circonstances, c'est comme une bouteille jetée à la mer. Un SOS dont on attend un retour salvateur. On pourrait donc suivre à la lettre cette tradition maritime. Ou celle liée à la qualité des écrits. Avec une priorité aux correspondances éclairées au détriment des viles opérations de publipostage. Ce ne serait que justice. Mais les voix de notre messager sont impénétrables. Et la patience, l'une de nos vertus cardinales. Que valent ces secondes d'attente par comparaison au plaisir indicible de se sentir courtisées ? Que coûte ce laps de temps qui nous sépare de notre objet fétiche : l'enveloppe affranchie, vecteur de centaines de caractères, en provenance d'un être cher ? Rien ou si peu. Imaginez donc notre ivresse quand nous avions jadis deux distributions, l'une dès l'aube, l'autre peu avant le zénith. Mais l'administration, volontiers castratrice, a décidé d'y mettre un terme. La liberté de jouissance est toujours réprimée.

À notre grand désarroi, ce rite sacré de la distribution matutinale peut parfois être contrarié par des comportements déviants. Au moment où nous sommes en passe d'être satisfaites, il arrive qu'un occupant s'invite à l'improviste dans notre cérémonial. S'il se limitait à circuler sans mot dire pour vaquer à ses occupations, nous n'en prendrions pas ombrage. Mais sans pudeur aucune, il s'arrête devant nous, regarde ostensiblement notre courtisan et ose demander si son nom ne figure pas parmi ceux des heureuses élues.

Au lieu d'opposer une fin de non-recevoir, comme il serait naturel en pareille circonstance, notre messager interrompt au contraire son office. En lançant un « Comment dites-vous ? », plongeant l'une d'entre nous dans un abîme de stupéfaction. En écho, le nom est alors répété, avec le prénom en prime. Aussitôt, avec son index frétillant, notre émissaire épluche consciencieusement le paquet, bloqué sur son plexus. Et si l'un des plis correspond au patronyme délivré, il commet l'irréparable : le don de l'offrande en direct, de la main à la main, sans passer par notre entremise. Et sans même vérifier l'identité de l'impie. Sacrilège ! Pour avoir déjà subi cette infortune, il faut en reconnaître le caractère humiliant. Durant vingt-quatre heures, nous ressentons alors ce que doit vivre depuis un an notre jeune « Ninja » : l'inutilité. Et nous ne retrouvons notre joie de vivre qu'avec les distributeurs de prospectus avec lesquels, à l'évidence, nous ne courons pas le risque d'être contournées, c'est vous dire !

Certains plis échappent aussi au rituel de la distribution. Notamment la lettre recommandée avec accusé de réception. Enfin, lettre, c'est vite dit. Les formules de politesse foisonnent dans ce type d'envoi, mais rarement les mots doux. On n'y célèbre ni les fêtes, ni les anniversaires, mais plutôt les échéances. Quant au terme « accusé », même s'il fait référence à la réception, il pourrait aussi s'appliquer au destinataire. Certes, il ne s'agit pas d'une lettre de cachet, n'exagérons rien, mais certaines des injonctions s'apparentent à des exécutions sommaires. Aussi, pour ces motifs, doit-elle être remise en mains propres. Tout ce qui est crasse est toujours remis en mains propres. Ce paradoxe ne laisse pas de nous étonner. Bref, lettre recommandée, mais peu recommandable. C'est pourquoi nous, les boîtes, dont la neutralité ne saurait être mise en cause, ne participons pas à cette entreprise.

La distribution des LRAR – le sigle lui-même ne fleure pas la bienvenue – se produit généralement après le rituel dont nous venons de décrire les péripéties. Tout commence à l'identique. Un messager de la même confrérie entre dans notre espace de vie. Mais, au lieu de s'arrêter devant notre enceinte, il continue son chemin en nous jetant un regard étrange. De ce coup d'œil furtif, nous comprenons qu'un tel pli est promis à l'un de nos hôtes. Il s'arrête alors devant l'interphone, enfonce longuement l'une des touches et attend qu'une voix suave lui réponde avec obligeance. À ce stade, il est rare que la porte vitrée lui soit ouverte. La poignée de présents à cette heure matinale se refuse à entendre ou est malentendante. Comme il est de coutume, le facteur sonne toujours une deuxième fois — cette tradition n'a cependant pas toujours été respectée, notamment lorsque le bâtiment sur rue ne jouissait pas du monte-charge. En cas de silence prolongé, il opère un quart de tour et se décide à revenir vers nous — on revient toujours vers les valeurs sûres. Il dégaine un stylo bille de sa poche-revolver, remplit l'avis de passage et le glisse chez l'une d'entre nous. Aucune ne goûte à ce type d'avis, car on ne sait que trop les effets d'un tel envoi sur l'humeur de nos hôtes. Le nom de l'émetteur n'étant pas révélé, ils ont une propension à anticiper le pire : convocation à entretien, commandement de payer, résiliation de bail, mise en demeure avant saisie ou autres joyeusetés de même acabit. Sans parler du désagrément d'aller chercher la lettre à l'office.

Si la distribution est un enchantement, la réception des dons est sans nul doute une délectation, un ravissement. C'est le deuxième temps du bonheur. Il se déclenche invariablement par l'ouverture de notre volet métallique. Dans un grincement à peine perceptible, un rai de lumière jaillit dans notre intérieur. Par cet éclat, nous ressemblons subitement à une grotte miraculeuse. Aussitôt, un ou plusieurs présents dont on distingue les contours pointent dans notre intimité. Lettre ou carte, peu nous importe, nous en frétillons toutes de plaisir, comme s'il s'agissait de notre premier message. Puis, mû par une poussée horizontale, le courrier bascule en nous.

Je ne saurais vous décrire l'extase procurée par le son feutré de l'enveloppe 110 par 220 tombant dans notre escarcelle. Ou de celui de la carte 10 par 15 affranchie aux antipodes qui termine sa course autour du monde sur notre tapis de sol. Plaisir éphémère certes, mais extrême, se terminant là encore, par un cliquetis du volet, après que notre messager a retiré subrepticement sa main.

Dans la pénombre retrouvée, nous souhaitons bienvenue à nos invités saisis d'une légitime inquiétude — on le serait à moins après un tel atterrissage forcé dans un lieu sombre et inconnu. Oui, bienvenue dans l'antichambre d'un monde nouveau. À tous, sans distinction de couleur, de taille ou de provenance. La discrimination même positive n'est pas de mise chez nous. Chaque lettre a son importance, même s'il nous arrive d'avoir une inclination pour le contenu de telle ou telle. La diversité est à nos yeux une source sans fin d'inspiration et d'enrichissement. Imaginez un instant si nous recevions toujours de la métropole la même enveloppe diaphane, préaffranchie, au format standardisé. À l'évidence, le monde postal serait d'une infinie tristesse.

Après ce plaisir réceptif vient le temps de la conservation. C'est celui qui nous occupe le plus clair de notre temps, si je puis m'exprimer ainsi. Comme le bon vin, le courrier doit être gardé dans des conditions optimales pour pouvoir être apprécié à l'air libre, à sa juste valeur. Aussi, qu'il pleuve ou qu'il vente à l'extérieur de notre périmètre, notre température interne varie-t-elle peu tout au long de l'année, grâce à notre habillage double enveloppe en tôle d'acier, lequel nous assure d'un degré d'hygrométrie conforme aux normes les plus exigeantes. Pas d'éclairage ou de vibration qui pourrait altérer notre précieux contenu. Encore moins d'odeur à déplorer, hormis les effluves du restaurant de fruits de mer à proximité.

À l'exception des enveloppes de grande taille, les plis restent couchés pour un meilleur maintien — aux dires du corps médical, la station debout leur est très pénible. Au surplus, notre verrou préserve notre intérieur sept jours sur sept, sans interruption. Rudimentaire certes, mais suffisant pour refréner l'ardeur des malintentionnés. Quant à notre volet métallique, il a toute latitude pour bloquer des mains furtives et indélicates. Bref, nous offrons le maximum de garanties pour la conservation et la restitution du courrier dans l'état où nous l'avons reçu. Il est donc malséant de recevoir un pli déjà écorné avec des taches d'humidité ou pis, à moitié décacheté. Cette altération peut donner l'impression d'une légèreté coupable de notre part.

L'hospitalité, pour ma part, dépasse rarement une nuitée, Monsieur étant très avide de prendre connaissance de son courrier. Aucun risque de débordement n'est donc à déplorer, à la différence de ma voisine du dessous, sauf en période estivale où l'hébergement peut parfois se prolonger. En tout cas, nous sommes aux petits soins pour nos invités de passage. Rien de plus naturel après leur harassant voyage. Être transbahuté des jours durant dans des conditions de promiscuité extrêmes, à la limite de l'étouffement, c'est épouvantable — à quand un « Grenelle du courrier » ? En attendant, nos convives ont besoin de réconfort et notre habitacle leur fait office d'asile temporaire. Nous les rassurons du mieux possible, dans l'attente de leur sortie en pleine lumière et de leur prise en main par leur destinataire, prélude à une nouvelle aventure. Pour cette difficile transition, il leur faut être fortes.

Dans notre nid d'amour, le courrier est encore un et indivisible. En le quittant, nos papillons de papier abandonneront leur chrysalide, avec une espérance de vie limitée. Tout dépendra de l'intérêt de leur contenu. Avec tact, nous les préparons à cette perspective. Notre nom ne semble donc guère approprié et par trop réducteur. Foyer, refuge, chambre d'hôtes, voilà qui serait plus en harmonie avec le champ de nos responsabilités.

Vous l'avez compris, nous débordons d'affection pour nos commensaux. Et avouons-le, ils nous le rendent bien. Grâce à eux, nous avons le loisir de découvrir de l'intérieur les choses de la vie. Et, comme des spectateurs engagés, ce qui les affecte nous touche aussi en notre for intérieur. À cet égard, ma curiosité est sans limites. J'absorbe tout, à commencer par les lettres manuscrites – de loin les plus intéressantes, les dactylographiées manquent souvent de chaleur humaine – puis les cartes postales — surtout le recto avec les illustrations, le verso étant souvent indigent. Je dévore aussi le courrier administratif et contentieux – très utile pour mieux cerner nos hôtes – et bien sûr, les publications me permettant d'être reliée au monde et de répondre aux interrogations de mes voisines. Sans oublier les ouvrages commandés par correspondance, bien difficiles à absorber en l'espace d'une journée, pour approfondir nos questions métaphysiques : qu'est-ce, finalement, qu'une boîte aux lettres ? Qui est à l'origine de notre existence ? Et quelle est notre destinée ?

Notre cycle à quatre temps s'achève avec la transmission du courrier. Elle peut se produire à toute heure du jour et de la nuit. Tout dépend du métier et du mode de vie de nos occupants. Les jours ouvrables, celle-ci s'opère ordinairement en fin d'après-midi ou en début de soirée. Et contrairement aux apparences, nous n'éprouvons aucune amertume à l'idée de transmettre notre contenu. Au contraire, nous sommes très heureuses de susciter cette envie de nous détrousser. C'est la finalité même de notre mission. D'autant que nous en avons bien profité. À nos hôtes de connaître cette joie intense. Aussi, un grand frisson m'anime lorsque le mien tourne mon verrou. À la vue du spectacle donné dans ce clair-obscur, il marque un temps d'arrêt, puis la bouche en cœur se saisit avec gourmandise du précieux contenu qu'il tourne et retourne entre ses doigts. Mais le meilleur reste à venir si, dans la multitude, une lettre est au rendez-vous des espérances. Avant même de m'avoir refermé, Monsieur pousse un cri de joie qui me transporte d'aise. Je peux alors goûter un repos bien mérité et saliver à la perspective de la prochaine distribution.

Ce plaisir de la transmission peut toutefois être gâché par des conduites indignes. Quand on connaît le plaisir d'ouvrir sa boîte avec sa clé, il est difficile de comprendre l'intérêt de chiper les enveloppes par notre fenêtre, sans passer par la case portillon. Quel manque d'éducation ! Par chance, la largeur de notre fente est telle que les mains indélicates se coincent au niveau des paumes. Du moins pour nous, top models *Classica*. Si des malotrus parviennent à dérober un pli, ils se voient obligés de revenir dans le droit chemin pour le reste du contenu.

Ainsi vont les quatre temps de notre quotidien – distribution, réception, conservation, transmission – entrecoupé, au fil des jours ouvrables, de jetés de prospectus. Or, ce bel ordonnancement peut parfois être contrarié lorsque l'un de nos messagers nous fait défaut. À l'origine, nous pensions à un simple retard — à entendre le bruit agressif des avertisseurs, la circulation alentour n'est visiblement pas fluide. Mais quand la journée entame sa seconde moitié de vie et que les volutes de merguez s'infiltrent dans nos interstices, nous savons déjà que nous ne serons pas honorées. Et qu'une grève, ce mot de cinq lettres banni de notre vocabulaire, est à l'ordre du jour.

Pour nous, bénévoles de la première heure, c'était difficile à concevoir au début. Nous pensions avec angélisme que nos messagers nous contentaient uniquement par agrément.

Quelle ne fut notre surprise lorsque nous découvrîmes qu'il n'en était rien ! Que notre bon plaisir était source de revenus ! À la lecture des journaux de Monsieur et aussi à l'aune de l'escalade des prix de notre chère Marianne, nous comprîmes le pourquoi de leur colère. Au point – ce n'est pas un hasard – que l'administration ne fait plus figurer le moindre chiffre sous le profil de notre icône. Mais ont-ils conscience du tort qu'ils nous causent ? Un jour sans distribution, c'est comme un jour sans pain. C'est tout notre quotidien qui s'effondre. Alors, chers messagers, de grâce, pensez aussi à nous avant de déclencher l'irréparable.

4.

L'agenda d'une boîte aux lettres – entendez par là ses rendez-vous avec les messages les plus espérés – relève d'un grand paradoxe. Au jour le jour, il n'est guère prévisible. Difficile de présager la venue d'un faire-part de naissance ou d'une déclaration d'amour enflammée – et parfumée – dans notre intimité. En revanche, à un horizon plus éloigné, il est facile à anticiper. À commencer par l'événement qui entraîne chez nous une suractivité, synonyme de bien-être, de plaisir et de sensualité, je veux parler de la Saint-Sylvestre, avec son cortège de vœux de bonne année.

Cette tradition ancestrale nous comble au-delà de nos espérances. Pensez donc : recevoir sur une période aussi rapprochée autant de cartes postales que sur le restant de l'année, c'est un festin, à la limite de la licence. D'autant plus que, au cours des mois précédents, morosité automnale oblige, nous observons le jeûne et l'abstinence.

Certes, d'une année à l'autre, les écrits tombent souvent dans un genre convenu – c'est humain – mais ils nous font chaud à l'habitacle. À cet égard, le « Meilleurs vœux de bonne et heureuse année et surtout une bonne santé », malgré son classicisme achevé, reste une valeur sûre. À l'expérience, sans être grand clerc, on devine aisément les fantaisies prêtes à l'emploi. Sur un mode culinaire, on peut découvrir la formule suivante : « Au menu de cette nouvelle année : velouté de santé, hors-d'œuvre de bonheur, filet d'amour sauce tendresse et café d'amitié ». Je vous vois esquisser un sourire : « C'est d'un tarte ». Probablement, mais le jour « J », croyez-moi, vous en redemandez !

De même, les supposés amateurs de chiffres peuvent se réjouir du (très) laborieux : « Je te souhaite 12 mois de joie, 52 semaines de plaisir, 365 jours de succès, 8 760 heures de santé, 525 600 minutes de chance et 31 536 000 secondes de bonheur ». Par veine, les cartes postales n'ayant pas une surface extensible, on évite ainsi de supporter les décimales. Serait-ce le côté m'as-tu-lu ? Toujours est-il que l'étalement de la culture sur l'envers de la tartine prend aujourd'hui de l'ampleur. En l'espèce rien de mieux, semble-t-il, que l'emprunt d'un idiome pratiqué de préférence à l'autre bout de la planète. Adresser ses meilleurs vœux en tibétain (« Tashi delek »), en tahitien (« La orana i te matahiti api ») ou en créole seychellois (« Mon swet zot la bonn anen ») est du meilleur effet et vous assurera un succès d'estime, toutes tendances confondues. En revanche, pratiquer l'humour, même à dose homéopathique, n'est pas toujours récompensé à sa juste valeur. Ainsi le « Bo néné, Bonne sans thé », transmis en son temps à notre hôtesse de l'air, n'a pas eu le résultat escompté.

Être original s'avère délicat et c'est pourquoi les (trop rares) poètes doivent être salués comme ils le méritent : « N'attends pas que les événements arrivent comme tu le souhaites. Décide de vouloir ce qui arrive… et tu seras heureux » (Épictète). Si ce maître de l'école stoïcienne avait su que ses propos se retrouveraient au dos d'une carte de vœux, il aurait sans doute modifié sa propre épitaphe : « Je suis Épictète, esclave, estropié, pauvre comme Irus et cependant aimé des dieux, des hommes et… des boîtes aux lettres ». Enfin, vu le renchérissement du coût de la vie – les affranchissements en témoignent – de nouvelles sentences apparaissent dont le mérite est de ne pas s'embarrasser de sentiment, à l'image du : « Et surtout de la thune ! ».

Ah, la thune, le flouze, les pépètes ! — l'hôte d'une de mes voisines en connaît un rayon dans ses déclinaisons. À une époque, nous en recevions parfois en guise d'étrennes dans des enveloppes épaisses, bien dissimulées dans une feuille pliée en accordéon. Avouons-le sans détour : être transformée le temps d'une journée en coffre-fort nous flattait infiniment. Au point que certaines d'entre nous, devenues un brin vaniteuses par la richesse de leur contenu, toisaient la boîte au courrier volumineux. C'en était consternant. Seraient-ce les vols à répétition – en dehors, précisons-le, du champ de notre juridiction – ou le caractère illégal d'un tel transit ? Le fait est que ce viatique a disparu de nos correspondances. Mais pardonnez-moi, je m'égare.

Si le contenu garde toute sa prééminence, le contenant se doit d'être en parfaite harmonie. À l'usage, vous ne prendrez aucun risque si vous adressez vos vœux sur une carte éditée par une ONG dont la mission est de secourir les orphelins du Bénin, du Darfour, d'Haïti ou d'Auteuil. De même, poster une carte émise par l'Unicef ou une association de lutte contre les maladies rares, qui révèle le talent d'un artiste sourd et muet peignant avec la bouche ou les pieds, vous assurera spontanément un courant de sympathie. Du moins au premier essai. Mieux, ce signe charitable pourra même corriger l'effet regrettable d'un message aux formes stylistiques imparfaites. En revanche, envoyer une carte de vœux où figure une créature polissonne en partie dénudée – ou une partie suggestive de ladite créature – sur une plage paradisiaque n'est pas toujours du meilleur goût. Mais, à l'opposé, le résultat est analogue pour les hôtes de certaines voisines, avec un message à caractère religieux, du type : « Que Christ habite dans vos cœurs par la foi, en sorte que vous soyez remplis jusqu'à toute la plénitude de Dieu. » (Éphésiens 3 : 17-19). Et la douceur émanant d'un cierge allumé au voisinage de cette bonne parole n'y pourra rien changer.

Nota : pour les ménagères de moins de cinquante ans, les cartes s'apparentant à la couverture du calendrier de la Poste sont plutôt à proscrire, comme nous avons pu nous en rendre compte. Au-delà de ce seuil symbolique, tout dépend de la personne et de son empathie avec les chiots Labrador, les chatons persans et autres bêtes à poil. Au cas où vous ignoreriez ses sentiments pour la gent animale, préférez des espèces en voie de disparition, comme l'ours polaire (*Ursus maritimus*), la gazelle à goitre (*Gazella subgutturosa*), l'hippopotame pygmée (*Hexaprotodon liberiensis)* et le poisson-chat géant du Mékong (*Pangasianodon gigas*)[2]. Une fois l'effet de surprise dissipé, ce bestiaire montrera votre attachement aux différents biotopes de la planète.

Surtout, si l'envie vous prend d'opter pour un support présumé original, pesez bien le pour et le contre. Là, je plaide pour notre paroisse. Dans l'éventail des opportunités, il existe des cartes émettant des vœux avec une voix métallique lorsqu'une pression est exercée sur le renflement (généralement situé aux abords du nombril d'un bout de chou). C'est distrayant la première fois lorsqu'elles tombent en nous, mais si par malchance d'autres plis la compressent, vous imaginez notre calvaire au cours de la journée, au fur et à mesure de l'extinction de la pile : « Bonne année, bonn anné, bon ané, bo ané, boné, oné, né, é, mm… ». Dans ce registre, évitez

---

[2] Les transcriptions latines me viennent des timbres d'outre-mer reçus par notre ancienne hôtesse de l'air. Qu'elle en soit ici vivement remerciée.

autant que possible les petites bouteilles en plastique translucide ayant l'apparence d'une flasque à alcool. À l'extérieur, elles portent en gros caractères la mention « Agréé par la Poste » et à l'intérieur, en guise de SOS, un message de bonne année. À n'en pas douter, cet objet crée une rupture dans notre quotidien et peut réjouir les enfants de nos hôtes jusqu'à un âge inférieur à deux chiffres (au-delà, c'est considéré comme *relou* ou *rimbou*). Mais voilà, nos fentes n'étant pas élastiques, il s'avère que l'entrée de ce corps est souvent douloureuse après le passage du goulot. Comme la sortie des épaules lors d'un accouchement sans péridurale. On préférerait l'éviter. En revanche, nous ne nous lassons pas du papillon bigarré qui s'envole à l'ouverture d'une carte et du cri de surprise qui s'échappe des bénéficiaires. Trop mignon !

Pour ce grand rendez-vous, si le contenu comme le contenant ont leurs importances, il ne faut pas pour autant négliger le lieu d'émission. Sans danger, le cachet de la Poste faisant foi, vous pouvez adresser vos vœux de stations balnéaires comme Le Cap d'Agde. On ne vous en tiendra pas rigueur. Au contraire, cela pourra même susciter de la compassion à votre égard. Les adresser d'une station de sport d'hiver passe encore — sauf si elle répond au nom de Verbier, Zermatt, Gstaad ou Saint-Moritz. Mais si vous avez l'heureux privilège d'être en villégiature dans l'une de ces destinations lointaines qui aura sombré d'ici quelques décennies avec la montée des eaux, il vaut mieux s'abstenir. Instinctivement, vous croyez faire plaisir en offrant au citadin alangui un grain de dépaysement. Vous risquez au contraire de payer cher cette audace, surtout si elle se renouvelle chaque année.

À ce stade, j'aimerais dissiper un possible malentendu. Cet événement heureux dont je viens de vous conter les péripéties n'est malheureusement pas partagé par l'ensemble de mes semblables. Certaines ne festoient pour ainsi dire jamais, alors que d'autres qui bambochaient il y a encore quelques années sont aujourd'hui à la diète, comme celle de notre estimé « Ninja ». Sur ce plan, je le concède, je fais presque figure de privilégiée. Certes, nous recevons quasiment toutes les vœux de nos édiles – aussi savoureux qu'un dépliant relatif à la maintenance de chaudières murales à condensation – et ceux des patrons de groupes bancaires. Étrangement, ces derniers prennent à cette occasion un ton mielleux pour souhaiter mille et une belles choses, alors qu'il y a peu leur établissement se montrait menaçant pour un découvert dérisoire. Je passe sur les vœux de l'hôtel 3 étoiles dans lequel vous avez séjourné jadis et qui vous poursuit depuis de ses assiduités. En vérité, tous ces messages ronéotypés ne pèsent rien au regard d'une seule carte manuscrite. Ma voisine du dessous, j'en suis sûre, sacrifierait la totalité de ses magazines aux couleurs chatoyantes pour la plus terne de mes cartes de vœux, sans être regardante sur le fond et la forme comme votre obligée.

Dans cette période ouverte plusieurs semaines après l'épiphanie, je pourrais donc tomber dans l'ivresse, qui plus est avec le courrier de Noël et ses messages inspirés : « Le peuple qui marchait dans les ténèbres a vu se lever une grande lumière » (Prophète Isaïe, chapitre 9, verset 1) ; « Aujourd'hui vous est né un Sauveur, dans la ville de David. Il est le Messie, le Seigneur » (Luc 2, 1-14). Quel souffle ! Quelle puissance ! Mais n'étant pas indifférente au sort de ma fratrie, un sentiment d'injustice me traverse. Aussi, après avoir été sevrée au lait de cette correspondance et de son lot inévitable de « Noyeux Joël » et de « Veilleurs Mieux », voire de « Léon, Léon »[3], je démarre la nouvelle année avec le blues, comme marquée dans mon tréfonds par une réaction postnatale. Pas longtemps, car ma joie de recevoir reprend vite le dessus à la faveur des cartes de fête et d'anniversaire.

Ces messages emplis de tendresse sont une source de joie intense, même s'ils restent évidemment un marqueur du temps qui passe — je le vois aussi au teint rembruni de ma ronce de séquoia. Sur ce plan, je suis plutôt bien lotie dans la mesure où la famille de mes hôtes n'oublie aucune de ces dates clés.

Cette nourriture débute dès février, avant de se poursuivre tout au long de l'année, avec une concentration en octobre, les deux mâles étant du signe de la Balance. Ce qui n'est pas pour me déplaire avant d'endurer le long tunnel de l'automne. Pour chacune de ces célébrations, je suis assurée de recevoir, avec un sens aigu du timing, un lot de cartes improbables, notamment de la part de la maman de Monsieur, la

[3] « Noël, Noël ».

plus assidue dans ce rituel. À ce propos – il s'agit d'une simple réflexion –, celle-ci ne semble pas avoir totalement intégré le fait que son fils n'est peut-être plus en âge de recevoir des poussins, des lapins nains ou des bébés rongeurs. Mais, en même temps, celui-ci n'a pas l'air d'y être hostile. Il n'empêche, tout est bon pour symboliser l'anniversaire, cette étape considérable de la vie, même si l'on note une constance dans l'usage symbolique des espèces familières. Dans ce cadre, le chiffre fatidique est toujours imprimé en gros caractères au voisinage de l'animal quand les bougies n'apparaissent pas sur un feuilleté tenu dans ses petites pattes musclées. Par tradition, il est assorti d'un message (à vocation) humoristique : « Si je ne me trompe pas, c'est ton anniversaire ! » (dixit un éléphanteau déployant son appendice avec bonhomie), « Un an de plus, bienvenue au club ! » (carte où figure une colonie de manchots empereurs en Terre Adélie), etc. Pour autant, malgré mes propos en apparence désinvoltes, croyez-le, je ne m'en lasse pas.

Contrairement au Nouvel An, le recto d'une carte d'anniversaire est celui auquel on prête davantage d'attention, le verso n'étant que la répétition pure et simple ou la paraphrase grossière. C'est pourquoi il faut rivaliser d'imagination chaque année, en essayant tant bien que mal de sortir des sentiers battus de l'arithmétique. Surtout, à l'adresse des adultes d'un âge avancé, donc plus à même de s'émouvoir, il convient d'éviter les nombres se terminant par le chiffre zéro. Le destinataire n'ayant déjà pas le moral de par cette bascule symbolique, voir un tel numéro apparaître en format extra large risque d'entraîner des mouvements d'humeur dont nous serions les premières victimes. Pas nécessaire de charger un événement a priori heureux – il signifie après tout que vous avez échappé au pire – en ondes négatives.

Ce qui m'attendrit aussi chaque année, c'est de recevoir une lettre de la petite, parrainée à distance par Madame et Monsieur. À chacun de ses anniversaires, elle leur adresse une longue lettre manuscrite, écrite en deux langues s'il vous plaît, en provenance du pays du Dragon, avec une photo d'elle à l'intérieur. Elle les remercie de leur sollicitude, leur raconte son apprentissage de la vie et les matières (nombreuses) où elle excelle à l'école. C'est vraiment touchant. Je l'ai connue poupée. Elle est déjà si grande maintenant.

Les fêtes participent du même rituel. Mais bizarrement, dans l'imagerie postale, la faune laisse alors la place à la flore et à son langage si particulier. Dans une symphonie de couleurs, les roses y parlent d'amour, les orchidées de passion, la glycine de tendresse, l'hibiscus de beauté, la pâquerette d'innocence et le muguet de bonheur — c'est fou ce qu'on apprend avec les timbres-poste ! Que ces cartes sont douces au toucher et agréables à contempler – à l'ouverture, elles se déploient parfois telle la queue d'un paon – avec une senteur fugace !

Dans notre quotidien, il y a aussi ces événements imprévisibles qui font le sel de notre existence, à l'image des faire-part de naissance, baptême, bar mitzvah, communion ou mariage. Ah, le double bristol imprimé avec une typo à l'anglaise ! Et ces phrases châtiées qui se succèdent selon un rituel établi. Quelles délices ! « Monsieur et Madame [...] vous prient d'assister ou de vous unir d'intention à la messe de mariage qui sera célébrée en l'église de [...] À l'issue de la cérémonie, les familles seront heureuses de vous recevoir... ». Nous ne sommes pas bigotes, nous ne trinquons pas, mais nous aimerions bien en être. C'est rageant de ne pas pouvoir se déplacer.

Moins teintés d'académisme, les faire-part de naissance sont tout aussi attachants, accompagnés généralement d'une photo de bébé au sourire tendre ou crispé — il ne sait pas encore qu'une boîte aux lettres sera bientôt à ses petits soins ! J'en ai vu de toutes les couleurs et de toutes les formes, mais la lectrice insatiable que je suis avoue un faible pour ceux qui s'apparentent à la couverture d'un roman, cerclé d'un bandeau rouge avec la mention : « Vient de paraître ». Que voulez-vous, mes contenus dictent mes choix esthétiques.

Toutefois, le moment le plus rare dans la vie d'une boîte est de recevoir un beau matin la plus imprévisible, la plus raffinée, la plus fulgurante, celle qui met en éveil tous nos sens (puis les vôtres), véritable mystère de la création, je veux parler de la lettre d'amour. Oui, cette lettre mythique où un être cher vous déclare sa flamme dans le dessein de partager avec vous une seule et unique boîte aux lettres.

Avant de la parcourir, on la devine à la couleur de son enveloppe, aux motifs de son timbre, au grain de son papier, à son encre de plume et parfois à la fragrance de son auteur(e). C'est notre légende, notre Graal. Elle nous plonge dans un état second et nous fait chavirer. Je pourrais évoquer des tas d'anecdotes. Mais vous le pressentez, je ne puis vous en parler qu'en théorie ou à tout le moins par ce qui m'a été révélé par l'une de mes voisines, heureuse récipiendaire d'une telle déclaration. Monsieur et Madame étant déjà unis par les liens du mariage avant de s'établir en ce lieu, il ne m'a pas été permis de recevoir cette fameuse lettre qui, dit-on, confine au sublime[4].

Il est des rendez-vous imprévus qui donc nous excitent, et d'autres qui nous désespèrent. À commencer par le faire-part de décès. Même sans expérience et dans le clair-obscur, on le détecte illico à sa bordure noire prononcée. La première fois, cette vision vous cause un tel choc qu'il faut avoir ses huisseries bien accrochées. Certes, ces dernières années, cet affreux liseré a quasiment disparu de la circulation postale. C'est un gris pastel plus apaisant qui orne aujourd'hui ce document, rehaussé d'une croix très discrète, mais le résultat reste identique. Difficile de rester de marbre à ce type d'envoi. Car un être qui disparaît, c'est une boîte qui devient orpheline…

---

[4] N'ayez aucun regret. Le Code de la propriété intellectuelle m'aurait de toute manière interdit de faire état de son contenu sans l'assentiment de son auteur(e).

Dans le côté obscur du courrier, il s'agit du pire. Non loin, on trouve les résultats d'analyses médicales pouvant l'annoncer. Au départ, il est ardu de pénétrer cette littérature en double exemplaire qui relève plus de la science mathématique. Pour l'hématologie, aucun problème, c'est à la portée de la première boîte venue. Il suffit de comparer les taux d'hématies, de leucocytes et de plaquettes aux valeurs dites normales. Encore que la vitesse de sédimentation à la deuxième heure nous laisse toujours perplexes. Les choses se gâtent avec la clairance estimée et l'exploration lipidique. À dire vrai, il est malaisé de saisir toute la portée du chiffre résultant de la formule de Cockcroft & Gault. Quant au bon et mauvais cholestérol, il suscite encore des débats d'expertes entre nous. Pour ma part, je n'ai eu à déplorer qu'un taux de triglycérides flirtant avec la limite haute autorisée. À la différence d'une de mes voisines dont les résultats dépassent souvent les numérations extrêmes.

Après cette parenthèse clinique, il m'est délicat de dresser une hiérarchie des envois anxiogènes. Tout dépend en fait de l'âge, du statut social et de la situation financière de nos hôtes. Pour certains, une taxe d'habitation pourra s'avérer indolore, alors que pour d'autres la moindre facture, émise par un électricien, un gazier ou un opérateur télécom, sera très mal vécue. Et pas seulement par notre cher « Ninja ». L'aigreur de Monsieur se manifeste ainsi non par une quittance proprement dite, mais par l'accumulation observée fréquemment lors du dernier trimestre. En cette période très tendue (perte de sensation des vacances, accroissement notable des précipitations…), le terrain est propice, d'autant que le dernier rappel d'impôt l'a déjà mis sous tension. Sans parler du procès-verbal lui ayant amputé son permis de conduire d'une paire de points. Aussi, quand je vois rappliquer les taxes foncières, j'essaie de me faire toute petite. Mais quand vient le tour des polices d'assurance, celle de l'auto en tête, je ne sais plus où me mettre. L'écœurement me vient toutefois de l'enchaînement des réactions. Quand les lettres de relance ont été superbement ignorées. S'ensuivent l'inévitable mise en demeure, puis le commandement de payer au ton comminatoire à glacer les charnières. Mais il y a pire dans l'escalade de la terreur : c'est lorsqu'une notification d'ATD – le fameux avis à tiers détenteur – tombe en nous. Brrr. En détachant les mots séparément, l'expression pourrait sembler des plus anodines. Avis, tiers, détenteur, qu'y a-t-il de plus innocent ? Hélas, c'est tout le contraire. L'ATD ? Une lettre de cachet donnant à l'administration souveraine le droit de prélever la somme due. Sur le compte bancaire de l'intéressé ou sur son salaire, avant même qu'il soit versé. Nos hôtes en ont une conscience aiguë. Et, par ricochet, nos portillons aussi… qui l'encaissent très mal. Récemment, à la remise d'une lettre d'huissier pleine d'urbanité – « À défaut de règlement au comptable, la saisie de vos meubles sera pratiquée, même en votre absence » – l'un d'eux en a perdu brutalement sa targette. Mais heureusement, son pronostic vital n'a pas été engagé.

Tel est le fil de mon quotidien, avec ses joies (éphémères) et ses peines (multiples). À la vérité, en dépit des vicissitudes de l'existence, j'ai tout pour couler des jours heureux : un environnement agréable au cœur de la cité (avec des voisines proches très attentionnées), une stabilité sociale et affective (toujours les mêmes hôtes depuis mon assemblage), une relative quiétude dans l'exercice de ma mission (avec peu de déprédations à déplorer dans mon entourage) et une correspondance à traiter en quantité et en qualité qui pourrait rendre envieuse plus d'une de mes semblables. En outre, personne ici-bas pour me dicter ma conduite. Ce que, au demeurant, je supporterais très mal. Certes, en période estivale, il arrive que mes hôtes fassent suivre leur correspondance sur leur lieu de vacances. C'est regrettable, voire humiliant. Mais on ne se refait pas, dès leur retour, je suis prête à accueillir avec la même ivresse, la même ardeur, tous les messages qu'on voudra bien me confier. Tous, sans exception, même ceux qui ne me sont pas destinés, comme certains matins où flottent devant nos portes des vapeurs étranges d'alcool ou d'encens…

Néanmoins, aujourd'hui, l'heure est grave, l'espoir est suspendu. Au vu d'une série d'événements sans lien direct en apparence, j'ai désormais acquis la conviction que, insidieusement, nous sommes toutes entrées dans une ère nouvelle, une ère où – je pèse mes mots – l'extinction de notre espèce a été programmée.

DEUXIÈME PARTIE

Ex post

5.

L'âge d'or de la correspondance n'est plus – c'est une triste évidence – et ce nouvel âge dont j'ignore encore le qualificatif a commencé, me semble-t-il, avec la disparition soudaine de notre concierge, l'une des personnes les plus aimables et les plus serviables au monde. J'utilise délibérément le possessif car, s'il y a une nature proche de cet être d'exception, c'est assurément la boîte aux lettres.

À toute heure du jour, on la voyait, l'entendait, l'écoutait. Et comme nous, elle œuvrait sans relâche avec des horaires élastiques avant de s'assoupir tout près de nos quartiers, à notre humble niveau. Et ce, pour des indemnités dérisoires, équivalentes à notre bénévolat. Au loin, sa fière allure pouvait évoquer le galbe d'une bouteille d'eau-de-vie. De près, elle représentait notre élixir de jouvence. Oui, notre concierge incarnait le bonheur. À l'état pur.

Dès potron-minet, elle était à la manœuvre pour diriger les conteneurs d'un antipode à l'autre. Sans jamais les laisser ne serait-ce qu'une seconde devant nos portes. Respect. Puis, avec application, elle nous confiait l'inestimable courrier, après l'avoir reçu en bloc des mains d'un de nos hérauts. Connaissant nos identités *ad unguem*, elle n'avait nul besoin de trier et distribuait les plis comme ils se présentaient. Avec un mot gentil en prime pour chacune d'entre nous. En fait, nous étions quasiment sa progéniture. Et comme telle, elle nous entourait de son affection. Et que je te referme un portillon si d'aventure l'un de nos hôtes avait fait preuve de négligence. Et que je te pousse les enveloppes dont l'extrémité pouvait resurgir d'une fenêtre. Et que je t'époussette avec sa chamoisette. Ah, la caresse de son essuie-tout ! Avec son transistor du Pléistocène, elle nous faisait tout partager : son goût pour les années yé-yé comme celui pour les informations à jet continu. Et que dire de l'odeur de sa cire d'abeille, indissociable de l'écriteau suspendu à la poignée de la porte vitrée : « La concierge est dans l'escalier ». Que ce temps était doux et exaltait nos sens !

Qu'on ne s'y trompe pas : dans l'étendue de ses activités, elle manifestait de la tempérance, mais révélait aussi un vrai tempérament. Aux seules fins de préserver notre havre de paix. Il fallait la voir rabrouer un distributeur de prospectus, éconduire un vendeur à la sauvette, chasser un importun en train d'uriner dans l'entrée — jamais sous nos portes, précisons-le, un mur de boîtes ayant un caractère sacré. La nuit tombée, elle s'employait même à repousser les assauts de supporters ou de manifestants imbibés dont il était ardu de saisir le sens profond de leurs revendications. Pour toutes ces raisons, elle était crainte et respectée. Nos hôtes la saluaient ici avec sympathie, là avec politesse, plus loin avec déférence, y compris ceux dont le nom s'attachait les charmes d'une ou plusieurs particules.

Elle ne savait pas dire non aux sollicitations. Aussi tout transitait-il au moins une fois l'an par sa loge — des trousseaux de clés aux sacs à provision en passant par les trottinettes et les animaux de compagnie – loge dont nous apercevions les contours dans l'embrasure de la porte. En remerciement, à l'approche de l'épiphanie, tous ces obligés se faisaient une ardente obligation de lui apporter ses étrennes. Et Monsieur, j'en suis fort aise, ne dérogeait pas à cette coutume. Elle s'empressait alors de réinjecter le fruit de cette cueillette dans l'économie réelle, comme on pouvait le deviner à son chariot de course plus garni qu'à l'ordinaire. Bref, il y avait du liant devant nos portes. Ce dont une boîte ne peut que se féliciter.

Aussi la décision de la remercier avec une brutalité inouïe – elle n'a même pas eu le temps de nous faire ses adieux – a d'abord suscité la surprise, puis l'incompréhension, avant de provoquer un véritable trauma dont nous subissons encore les séquelles. Comment une communauté d'âmes peut-elle se comporter de la sorte à l'égard d'une de ses semblables ? Et comment peut-elle penser que ce sacrifice restera sans aucune conséquence ? Je n'ai toujours pas de réponse. Nous aurions voulu crier à l'injustice, alerter la presse d'opinion, porter cette affaire devant je ne sais quel ministère. Mais vous l'imaginez aisément, une boîte a peu de chance de se faire entendre. Nous avons donc marqué le coup à notre manière, en faisant vibrer à l'unisson nos volets métalliques. Il fallait voir le charivari : vingt-deux boîtiers déchaînés jouant de la cymbale à tout rompre autour de la boîte au courrier volumineux transformée en grosse caisse pour l'occasion. Un tintamarre de tous les diables. Comme si nous étions entrées dans une sorte de transe collective. Et fait inhabituel, malgré nos différences d'étiquette, nous étions toutes solidaires. Hélas, notre auditoire n'a pas été à la hauteur de cette symphonie en volet majeur. Les trop rares spectateurs n'ont en rien saisi la portée du message, à l'image du : « C'est quoi, ce bazar ? Le métro fait trembler les murs maintenant ! ». Désespérant. Ce fut notre dernier hommage et nous n'en causâmes plus jamais entre nous. De peur de rouvrir les meurtrissures.

Le changement fut radical. Après une période de flottement durant laquelle nous essuyâmes des salves de prospectus, le calme est revenu peu à peu dans nos foyers. Les missions de notre héroïne tombée sur le front de l'injustice furent divisées en deux. À nos messagers le mandat suprême de nous transmettre le courrier, en mains propres si je puis dire. Et aux intermittentes du ménage le pouvoir discrétionnaire de faire briller les sols et les cuivres. Tout le reste, la présence attentive, les douceurs exquises, les résonances musicales, comme les jeux télévisés de fin de journée, furent passés en pertes et profits. À notre grand désarroi.

Avec nos messagers du matin, la complicité fut immédiate. Après tout, nous les fréquentions déjà pour les voir remettre nos vivres à notre ange gardienne, même si nous n'avions pas à l'époque de relation directe. Très vite, nous avons appris à les connaître et à apprécier leur furtive compagnie, comme je l'ai évoqué en amont. Ah, je vous vois venir ! « Il ne vous a pas fallu longtemps pour faire le deuil de votre bien-aimée », pensez-vous. Eh bien non, vous pensez mal. Certes, nous sommes faites d'acier et triplement résistantes : aux intempéries, aux agressions et à la corrosion — à l'origine, nous avons même été soumises à un test de brouillard salin artificiel. Mais, confessons-le humblement, nous sommes perméables au stress. Nous sommes donc passées par les phases les plus aiguës : après le choc émotionnel vinrent la détresse psychologique, le repli sur nous, puis l'acceptation douloureuse. Si notre adorée n'est plus de notre monde, nous espérons vivement qu'elle ait pu refaire sa vie ailleurs, au milieu d'autres boîtes toutes aussi attentionnées. Des boîtes au petit chapeau pentu[5] qui lui renverront son image de bonne fée.

---

[5] J'en profite pour adresser un amical bonjour aux boîtes aux lettres dites Datcha, traitées avec lasure vieux chêne, trop souvent isolées dans une nature hostile.

Enfin, il y a un temps pour tout. Que diraient nos hôtes si, par notre attitude négative, nous manquions à nos responsabilités ? En même temps, nous ne sommes pas dupes. Nous savons pertinemment de par les confidences lâchées devant nos portes que certains d'entre eux – pas Monsieur, je tiens à le souligner – ont été à l'origine de ce bannissement. Mais bon, comme les manuels d'histoire l'enseignent, après l'épuration sauvage, la réconciliation nationale.

S'agissant des intermittent(e)s, le courant n'est jamais vraiment passé. À notre grand regret. Pour leur premier jour de service, fixé au vendredi, nous les accueillîmes pourtant avec aménité, en clignant doucettement du volet. Mais cet abord ne leur fit ni chaud ni froid. La semaine suivante, nous renouvelâmes l'expérience avec un cliquetis collectif. Or, au lieu de s'en réjouir, l'une d'elles nous asséna un coup violent sur le côté en l'assortissant d'un : « Tout part en c… dans cet immeuble ! ». Grossièreté mise à part, nous comprîmes à cet instant que notre relation resterait à jamais professionnelle. De toutes les façons, il est difficile de tisser des liens avec quelqu'un de transparent. Jamais un mot, une attention délicate ou un coup de chiffon au point que, si vous laissiez traîner un doigt sur nos têtes, vous creuseriez un sillon. Quant aux conteneurs qui se reproduisent chaque année avec des couleurs différentes, l'une des caméristes chargée de cette tâche au quotidien éprouve un malin plaisir à les stationner devant nos portes. C'est d'un nauséabond. Attention, pas le jaune qui fleure bon le papier-carton, ni le petit avec son alvéole qui curieusement nous grise, mais les verts ventripotents desquels monte une pestilence… Il paraîtrait que chaque habitant balance trois cent soixante kilos de déchets ménagers par an. Vous rendez-vous compte ? Trois cent soixante kilos, c'est un kilo par jour. Comme si vous jetiez tous les matins l'une de mes consœurs !

Pour le reste, nous ne trouvons rien à redire. Après leur passage, le ménage paraît des plus soignés, du moins pour ce qui est de notre coursive, même si les détergents employés sentent les premiers prix. Ah si, lorsque l'ampoule du plafonnier défaille, nous sommes plongées dans les ténèbres des jours durant. Naguère, notre bonne fée l'aurait remplacé de ce pas en gravissant son escabeau branlant, au péril de sa vie. À présent, il nous faut patienter jusqu'au vendredi. Imaginez quand l'incident survient un week-end. Une semaine à ne voir défiler que des ombres. Or, au risque de vous surprendre, les plus exaspérés ne sont pas vos servantes, mais nos maîtres, Monsieur inclus. C'est étrange, ils ne supportent pas de ramasser leur courrier dans la pénombre. On ne va pourtant pas les manger, nous sommes papivores ! Serait-ce la peur d'égarer un pli ou une phobie remontant à l'enfance ? Je laisse à leurs thérapeutes le soin de répondre à cette question. En attendant, ils auraient dû y réfléchir à deux fois avant de gonfler les statistiques de Pôle emploi !

6.

Depuis le début de la vie sur Terre jusqu'à nos jours, des espèces disparaissent, souvent de manière brutale. Et d'autres leur succèdent avec plus ou moins de bonheur. C'est le sens tragique de l'évolution. À l'exception notable des *blatella germanica*[6] qui se sont perpétuées à l'identique depuis des centaines de millions d'années. Nous en sommes les témoins oculaires. Or, si l'on en croit les revues scientifiques de ma voisine du dessus, ces mutations s'accompagnent toujours de changements majeurs dans les habitats, lesquels induisent à leur tour de nouvelles transformations.

---

[6] op.cit.

Dans notre univers, c'est on ne peut plus symptomatique. La disparition de notre concierge a coïncidé avec l'avènement d'un dispositif, en apparence anodin. Il s'est pourtant révélé rapidement maléfique. Je veux parler bien sûr de notre digicode.

Au départ, sans doute par naïveté, nous n'y avons pas prêté attention. Un matin d'hiver, encore engourdies, nous vîmes un trio d'ouvriers s'affairer des deux côtés de l'entrée principale. L'un maniait une chignole avec maestria. Vrrr, vrrr. Dans un nuage de poussière, le bruit saccadé nous incommodait, mais le spectacle valait son pesant de cartes postales. Quant à ses deux compagnons, ils s'employaient avec un air de profonde gravité à le regarder. En somme, cette proportion d'actifs donnait la mesure, sous un autre éclairage, du problème du financement des retraites, dont nous percevons régulièrement les échos au-delà de nos murs. À l'époque, nous comprîmes que le groom de la porte d'entrée, souvent détraqué par les variations de température, n'était pas la cause de cette intervention. Sans chercher à investiguer davantage. Et notre vigilance, d'ordinaire si aiguë, se relâcha totalement à l'arrivée d'un de nos messagers.

Dans les jours qui suivirent, nous n'avons pas senti la différence dans la mesure où cette machinerie fonctionnait exclusivement la nuit. Nous avons bien relevé plusieurs coups de pied rageurs dans le bas de la porte, sans parler des jurons dont certains nous ont ouvert de nouveaux horizons. Mais nous les avons mis sur le compte de l'impatience, voire de l'ébriété, partagée par un nombre croissant d'occupants, petits et grands, des deux bâtiments. Le véritable changement eut lieu avec l'extension de la plage d'utilisation. Enfin, extension apparaît comme un euphémisme, puisqu'il fut décidé en haut lieu d'appliquer le couvre-feu vingt-quatre heures sur vingt-quatre. Du jour au lendemain, notre existence, déjà malmenée par une disparition tragique, en fut bouleversée.

Les allées et venues se limitèrent à celles de nos hôtes. Les coups dans le portail se firent plus nombreux. Quant aux adultes d'un âge avancé, ils furent pris d'un besoin impérieux d'aboyer, de maudire et d'apostropher, ce qui n'était point dans leur habitude. Certaines boîtes commencèrent alors à s'en émouvoir, tandis que d'autres – fidèles abonnées aux magazines de santé – attribuèrent ces comportements déviants au syndrome Gilles de la Tourette. À leur crédit, il y avait déjà eu parmi nos occupants une personne habitée par un TOC ou trouble obsessionnel compulsif. Cette pathologie l'obligeait à vérifier maintes et maintes fois la fermeture de sa boîte aux lettres. C'était insupportable. Pour l'intéressée comme pour nous. L'entendre tourner et retourner la serrure nous fichait une de ces migraines. À se taper le portillon contre le châssis. Ce qui nous ramena à la réalité, c'est la disparition des distributeurs de prospectus – alors en pleine dynamique de croissance – et dans une moindre mesure celle des touristes venant contempler les frises du XVIIIe au faîte de notre galerie, l'une de nos fiertés. Nous réalisâmes alors qu'un régime carcéral ne disant pas son nom avait été instauré ici-bas, à notre détriment.

Certes, avec l'exil de notre concierge, le besoin d'éloigner les indésirables s'était fait sentir chez nos hôtes, comme l'avait évoqué devant nous avec gravité le président du conseil syndical. Mais de là à créer un *no man's land*, il y a assurément de la marge. Nous sommes donc aujourd'hui cloîtrées, barricadées, comme dans un fortin pris d'assaut par des rebelles sanguinaires. Si vous ajoutez l'ampoule défaillante en début de semaine, vous comprenez facilement notre émoi. Oui, notre existence, si l'on peut l'appeler ainsi désormais, se résume à deux mots : les lettres et le néant.

Par chance, la forme la plus aboutie de l'arbitraire n'est pas à l'abri de dysfonctionnements. Les distributeurs de réclames, dont l'ingéniosité pour venir jusqu'à nous apparaît sans limites, furent les premiers à contourner ce dispositif. En se glissant subrepticement derrière un occupant, focalisé à composer le code d'entrée. Au début, il fallait voir la mine de celui ou celle qui, sentant une présence, se retournait pour se retrouver nez à nez avec l'importun. « Mais enfin, comment pouvez-vous ? Vous êtes dans une propriété privée », pouvait-on lire dans le regard des plus outrés. Ce qui ne manquait pas de déclencher un cliquetis moqueur de la part de certaines d'entre nous. Une poignée de téméraires tentait alors – avec un succès relatif – de repousser l'intrus, alors que l'immense majorité se contentait de maugréer — Monsieur, lui, s'en est toujours fiché comme de son premier prospectus. Mais pour finir, représailles obligent, c'est encore nous qui en subissons les conséquences : deux cartons de numéros d'urgence au minimum par boîte, un autre glissé derrière la vitre du tableau qui nous répertorie – là, ça énerve Monsieur – et un dernier inséré sur le côté entre notre cloison et le mur, ce qui nous démange au plus haut point. Un bristol dans le derrière, ça n'est jamais plaisant. Et que dire du millefeuille livré à la boîte au courrier volumineux ?

La matinée est ainsi faite, émaillée d'intrusions suivies de harcèlement publicitaire. La venue de nos messagers vient heureusement compenser ces désagréments. Car la suite de la journée se caractérise par une absence totale d'animation. Notre concierge n'est plus là pour nous faire partager ses goûts musicaux. Nos occupants rentrent de plus en plus tard et ne s'attardent pas devant nos portes. Quant aux personnes âgées, elles ne descendent plus faire leurs courses, du fait d'un recours croissant aux livreurs de supérettes. Bref, la solitude nous pèse, comme si nous croupissions au mitard.

À l'heure où les lumières s'éteignent, c'est donc avec soulagement que nous accueillons nos visiteurs du soir. Comme les distributeurs, ils s'arrangent pour s'engouffrer derrière un occupant, à cette différence qu'ils ne nous gavent pas ensuite d'imprimés. Ayant eu vent de notre solitude, ces « sans boîte aux lettres » viennent nous tenir compagnie pour la nuit, généralement durant les périodes de gel. Nous ne comprenons pas toujours ce qu'ils nous marmonnent ou parfois nous beuglent, mais nous apprécions leur présence chaleureuse, doublée le plus souvent de celle d'un animal familier, l'un de ceux figurant sur les cartes d'anniversaire. Certes, leur odeur nous rappelle étrangement le contenu du conteneur de verre qui passe devant nos portes. Mais au moins, cela nous change du renfermé. Aussi, quand l'aurore se lève, nous sommes attristées de les voir battre en retraite sous la pression de harpies.

Pour avoir de la vie, du rythme et une lumière non artificielle – par chance, nous ne sommes pas encore aux néons – il faut attendre le printemps et ses travaux de ravalement. Tout commence par un arrêté d'injonction, comme on peut le lire sur le compte-rendu de l'assemblée générale. Inquiets des conséquences juridiques, nos occupants se lancent alors sans compter dans la restauration du bâti. Or, qui dit ravalement, dit portes ouvertes à tous les vents. C'est une bouffée d'oxygène. Respirer l'air de la rue, se voir inonder de lumière naturelle, apprendre les subtilités d'une langue slave ou d'Europe du Sud tout au long de la journée… Quel bonheur ! Pourtant, la poussière vole et se répand sur nos précieuses enveloppes. Mais nous préférons sacrifier la propreté sur l'autel de notre hygiène mentale.

Par la disgrâce d'un être cher et l'apparition d'un dispositif indigne, vous voyez à quel point nous pouvons être perverties. Le digicode est une horreur sociale. Néanmoins, il y a toujours pire dans la tragi-comédie de notre quotidien.

7.

Nous aurions pu l'appeler le dragon, l'hydre, la tarasque ou la vouivre. Mais c'eût été lui faire trop d'honneur. Nous l'appelons simplement le monstre, un monstre mafieux, Léviathan des temps modernes. Il est invisible, intangible, insaisissable, ce qui le rend encore plus redoutable. Et ses viles attaques contre nous, pauvres boîtes sans défense, relèvent d'une extraordinaire cruauté. Car, même s'il ne le clame pas ouvertement, il n'a d'autre dessein que de nous détruire et de dissoudre les liens patiemment tissés, lever après lever, avec nos hôtes. Son nom, vous l'avez peut-être deviné, il résonne comme celui incarnant le mal absolu : *interconnection of networks*. Autrement dit internet, si j'utilise sa forme ramassée. Oui, internet, j'omets volontairement de lui apposer une majuscule, car pour notre communauté il ne s'agit en rien d'un nom propre, mais d'un cauchemar qui nous métamorphosera en caveaux.

Tout a commencé par une matinée sombre quand, au détour d'une carte de vœux, alors que je cherchais une signature que jamais je ne trouvai, j'ai découvert l'existence du *smiley*. Vous savez, cette pâle figuration qui, dans une économie de caractères — deux points suivis d'un tiret et d'une unique parenthèse :-) — donne la mesure d'une émotion, d'une ambiance ou d'un état d'esprit. Bref, une « émoticône » comme d'aucuns la qualifient avec une pointe de lyrisme. Ce pictogramme m'a mis la puce à l'oreille, même si au départ j'avoue avoir péché par angélisme en le prenant pour une composition d'un complice du petit. Après tout, nous avions connu son ancêtre, le bonhomme sourire. Rappelez-vous, ce dessin stylisé représentait un visage guilleret : arc de cercle surmonté de deux points noirs ovoïdes au milieu d'un rond jaune citron. Parfois, il rayonnait au recto d'une carte postale, nous transmettant une large part de sa gaieté. Mais aujourd'hui, rien de positif n'émane de son descendant, car ce minuscule émissaire nous annonce tout bonnement l'apocalypse.

La prise de conscience est intervenue un matin de sinistre mémoire où, dans une enveloppe ordinaire, j'ai retrouvé la présence du *smiley* sur… la reproduction d'un mail. Un mail, pour une boîte normalement constituée et pourvue d'un minimum de bagage culturel, c'est un jeu ancien, voisin du croquet, où l'on pousse une boule de buis avec un maillet à manche flexible. C'est aussi une allée bordée d'arbres où l'on peut pratiquer cette charmante récréation. Or, en décortiquant ce document et en recoupant les données avec celles de mes consœurs qui en reçurent à leur tour, nous comprîmes très vite son sens contemporain, celui de… courrier électronique. Et surtout l'impensable vérité : nos hôtes pouvaient communiquer entre eux, d'une manière écrite, d'un endroit à l'autre de la planète, en se passant de nous. Oui, en se passant de leurs fidèles servantes !

À l'énoncé de cette effroyable perspective, la plupart d'entre nous se réfugièrent dans un mutisme total. Plus aucun chuintement, rien. Volets figés comme des paupières mortes. Il ne manquait plus que les scellés comme dans une scène de crime. Comment pouvait-il en être autrement ? Comment adhérer à l'idée d'une transmission par des voies différentes de celles des airs, du rail ou de la route, sans passer par notre demeure qui accueille depuis des siècles et des siècles toutes les générations de courrier, y compris les plus fantasques et les plus libertines ? Malgré l'épaisseur de ma carapace, j'en étais chamboulée. D'aucunes émirent des doutes sur l'authenticité d'une telle révolution pour notre monde postal. Mais, à l'examen de l'en-tête des documents, ils furent vite balayés. Non seulement la date d'émission y figurait, comme sur le cachet d'un timbre, mais aussi l'heure et la minute. Vous rendez-vous compte ? La minute ! Comment voulez-vous lutter avec une telle précision horlogère ? Même les boîtes helvètes y sont impuissantes. Telles des créatures possédées, nous nous lançâmes alors dans une bacchanale électrique. Nos volets tremblèrent, nos huisseries grincèrent, nos portillons battirent la chamade. Et, dans cette séquence comparable à un quart d'heure colonial, personne ne se risqua à nous ouvrir de peur d'y laisser un doigt. Au point que, à un moment donné, j'ai cru que les boîtes des deux premières rangées allaient se fracasser sur le carrelage. C'est celle au courrier volumineux, relativement épargnée par ces contingences, qui nous rasséréna, si tant est qu'on puisse se remettre d'équerre après un tel choc traumatique.

Primo, elle nous fit valoir avec tact que le langage employé sur ce support semblait des plus primitifs. « Aucun risque de concurrence », nous souffla-t-elle en substance. Effectivement, on n'y trouvait nul accent, quasiment pas de ponctuation et des fautes d'orthographe à foison. Après avoir écarté l'hypothèse d'un dialecte d'une tribu amérindienne de l'Amazonie, nous nous sommes demandé – encore aujourd'hui – si les auteurs de cette incontinence avaient connu, ne serait-ce qu'un trimestre, les bancs d'une école communale. Du reste, si des mails photocopiés prenaient le chemin de la Poste, cela signifiait que la voie électronique avait de sérieux ratés. Deuxio, elle nous fit observer avec doigté que les formules de politesse y étaient généralement absentes, signe, selon elle, d'une amorce de décadence dont les incidences ne devaient pas nous tourmenter. Certes, avant de repérer la signature de l'émetteur, il arrive de croiser un « Bien à vous » dont on ne sait ce qu'il signifie. Est-ce pour dire qu'on vous appartient corps et âme ? Ce serait inattendu. Parfois, on tombe aussi sur un « A+ », comme si afficher son groupe sanguin à la fin d'une missive suffisait à identifier la personne[7]. Nous sommes à mille lieues de nos formules de civilité, à l'image de notre illustrissime « Veuillez agréer, Madame, Monsieur, l'expression de ma considération distinguée » et de ses exquises variations.

Néanmoins, de manière inexpliquée, alors que le texte central relevait à première vue d'un analphabète, celui figurant en pied de page semblait avoir été écrit par une main experte. Jugez-en par vous-même : « Ce message et toutes les pièces jointes sont confidentiels et susceptibles de contenir des informations couvertes par le secret professionnel […] Ce message est établi à l'intention exclusive de ses destinataires. Toute utilisation ou diffusion non autorisée est interdite ». « Confidentiel », « secret », « exclusive »… L'idée d'un complot de grande envergure, ourdi par un rival des boîtes, a commencé alors à germer. Ce que nous avions pris pour de l'illettrisme découlait sans doute de la cryptologie, d'un nouveau langage codé. « Cdt » ne signifiait peut-être pas cordialement, comme nous l'avions pensé hâtivement, mais commandement. « FBI » n'avait sans doute rien d'une Fausse Bonne Idée, mais tout à voir avec le *Federal Bureau*

---

[7] Nous avons appris depuis, grâce au concours du petit, que cette expression pour le moins elliptique s'employait pour manifester le désir de revoir sous peu la personne.

of Investigation. Quant au IANAL, pris pour une expression consacrée – « I am not a lawyer » ou « I am not a loser » – il pouvait s'agir d'un message à caractère sexuel. D'ailleurs, comme il est précisé dans l'en-tête, des pièces confidentielles sont jointes au document à l'endroit précis où figure un trombone. S'agirait-il de photos compromettantes ? Nous avons eu beau regarder en long, en large et en oblique, nous n'avons rien découvert. Là aussi, nous pouvons difficilement concevoir qu'un fichier fantomatique puisse être attaché à un courrier immatériel. Cabale, conspiration vous dis-je !

Une question reste toutefois en suspens : qui souhaite notre élimination ? Qui veut nous rayer définitivement de la carte des vestibules ? Nous n'avons jamais médit sur quiconque (notre code d'honneur nous l'interdit) ; nous n'avons en rien failli à notre tâche (pas plus corvéable qu'une boîte aux lettres) ; la politique ne peut nous être opposée, nous n'en faisons pas (même si nous savourons les professions de foi promettant à chaque scrutin des jours meilleurs à nos hôtes) ; enfin, personne n'est venu se plaindre du moindre manquement ou écart de conduite, alors que certaines d'entre nous seraient fondées à ester en justice eu égard aux sévices subis. Bref, nous ne nous connaissons pas d'ennemis. Ou alors il est possible – ce serait d'un sordide – qu'on en veuille à notre acier, cet alliage dans lequel est forgée notre enceinte de confinement. Du fait du prix élevé des matières premières, des pillards tronçonnent, paraît-il, des câbles sur les voies ferrées, vecteurs d'informations indispensables à la signalisation et à la sécurité des trains. Ils les tranchent dans l'unique but de récupérer le cuivre, ce métal rouge devenu dispendieux, afin de le revendre à prix d'or. Dans la même veine, il serait donc plausible qu'on souhaite notre disparition, au mépris des informations que nous véhiculons, pour s'emparer de notre tôle. Vous imaginez cet épilogue : aboutir chez un ferrailleur avant d'être recyclées en abri de jardin à contempler des râteaux, des serfouettes et des balais à gazon. Atroce.

Nous continuâmes ainsi à gamberger et à envisager tous les scénarios, y compris les plus improbables. Puis, grâce au croisement de nos sources, tout s'éclaira sous un jour nouveau. Nous comprîmes que les événements successifs – l'éloignement de notre concierge, l'installation du digicode et maintenant l'arrivée de cette forme déloyale de concurrence – participaient non d'une machination tramée dans l'ombre, mais de l'évolution d'une société subjuguée, aveuglée, par ses nouvelles technologies. Au mépris de ses conséquences sur son environnement immédiat. Surtout, s'agissant du dernier avatar, il semble correspondre au besoin quasi pathologique de l'instantanéité au coût zéro. Autrement dit, pouvoir échanger une correspondance à la vitesse de la lumière sans débourser le moindre centime. Ce constat eut pour effet d'enrayer la propagation d'un vent de paranoïa. Il ne nous rassura pas pour autant, vu le sort réservé jadis aux diligences postales. Le fait est que, dans les mois suivant la réception de ces ersatz de mails, la correspondance habituelle commença à se raréfier. Même les journaux reçus par Monsieur se firent moins nombreux. Rien pourtant ne justifiait une telle indigence. À aucun endroit il n'était fait mention d'une pénurie de papier. Et parallèlement, le besoin de communication restait intact, comme on pouvait en juger par les échanges, même brefs, entre résidents petits et grands. Recevoir en quantité restreinte des courriers à la syntaxe douteuse et aux conjugaisons imparfaites ne nous chagrinait pas outre mesure. En revanche, lorsque les cartes postales se réduisirent à leur tour à la portion congrue, la douleur fut des plus aiguës.

Aucun papier à acheter, ni d'enveloppe à affranchir, nul besoin de se rendre à la Poste : dans une situation où le pouvoir d'achat s'érode, qui pourrait résister à de telles sirènes ? Néanmoins, si nos occupants faisaient preuve de discernement, ils se rendraient compte de l'énormité de leur méprise. Pour adresser un mail, il leur faut acquérir un ordinateur, matériel coûteux dont l'espérance de vie excède rarement trois ans, comme nous avons pu le constater par la dépose régulière de terminaux dans la cour. Il convient d'y ajouter le prix des logiciels, des périphériques et des consommables, etc. — j'en connais un rayon avec les magazines de jeux vidéo du petit. Sans parler des émissions de gaz à effet de serre, eu égard à sa voracité en énergie. En réalité, c'est sans commune mesure – sur la durée – avec la facture postale, même si notre chère Marianne, par sa valeur faciale, commence à s'apparenter à l'univers du luxe. Et je ne vous parle évidemment pas du plaisir réceptif. Alors, s'il vous plaît, je vous demande de vous arrêter. Oui, arrêtez d'emprunter la voie électronique ! Et revenez dans la voie naturelle, celle qui transite par notre habitat. Et n'allez pas soutenir que ce nouveau moyen de communication favorise l'écriture et a fortiori la voie postale. Inepties, fadaises, billevesées ! Comment imaginer qu'un substrat où sont bafouées à chaque phrase les règles élémentaires de la grammaire et de l'orthographe puisse engendrer des générations d'épistoliers ? Que ceux qui soutiennent cette thèse ridicule viennent en stage chez nous, dans notre coursive, ils jugeront sur pièce ou plutôt sur leur absence. La bête immonde vous a pris dans sa toile et ne vous relâchera pas de sitôt. Réagissez ! Il en va de notre salut à tous.

8.

Nous aurions préféré naturellement le contraire, mais le constat est malheureusement sans appel : les nouvelles technologies et les boîtes aux lettres ne font pas bon ménage. Internet est un exemple éloquent, le téléphone sans fil en est un autre, cette fabuleuse invention qui permet à nos hôtes de s'épancher devant nos portes et de nous livrer toute la mesure de leur complexité. « N'oublie pas d'acheter une baguette », « J'ââârrive, t'énerve pas, j'suis dans le hall », « Pt'ain, ça fait trois fois que je t'appelle, tu réponds jamais ! »…

Au départ, nous pensions benoîtement que cet objet avait été conçu pour parler, échanger, converser. Bref, transmettre la parole. Quelle ne fut notre surprise de découvrir que, plus l'appareil rétrécissait, plus ses facultés décuplaient ! Avec, pour notre infortune, celle de pouvoir expédier des textos, ces mini-messages aussi futiles que ceux des marabouts prétendant guérir par correspondance.

C'est le petit qui, sans le vouloir, m'infligea cette douloureuse vérité. En ce mercredi après-midi, en partance pour son club de tennis, sa raquette en bandoulière, il s'arrêta net devant ma porte, contrairement à l'ordinaire. Je l'avoue sans fard, à l'heure où les jeunes générations ne s'intéressent plus à nous, du moins à notre contenu, je ne pus réfréner un léger couinement. Hélas, le plaisir fut des plus brefs. Au lieu de me détrousser comme le pratique ordinairement Monsieur, le petit imita Madame, en me cantonnant dans un rôle de consigne. N'ayant pas oublié son action chevaleresque – la pose de l'adhésif « Stop pub » – je décidai de ne pas en prendre ombrage. Et puis, à l'image de notre regrettée concierge, il nous appartient de pouvoir aider son prochain – c'est le terme en l'occurrence – quitte à mélanger les genres dans notre intérieur.

D'une main, il leva délicatement mon volet métallique, comme on relève sans doute la jupe d'une jeune fille, et glissa l'autre organe dans ma fente jusqu'au blocage total de sa partie replète. Il marqua un temps d'hésitation, puis laissa échapper d'entre ses doigts un corps rigide d'un poids inhabituel qui, à l'impact, brilla d'une multitude de feux : son téléphone portable. Oui, le petit dispose aussi d'un tel instrument, d'un *smartphone* en l'occurrence. Et pas n'importe lequel : l'extra-plat couleur ébène au tableau de bord digne d'un appareil où évolue sans doute notre hôtesse de l'air. Pour satisfaire votre curiosité, j'aimerais pouvoir vous communiquer la marque, mais notre charte éthique nous l'interdit formellement. Toujours est-il que, lorsque cet engin atterrit dans mon bas-ventre, l'une des nombreuses fonctions se mit en branle, comme si j'avais effleuré son point G ou sa connexion 4G en l'espèce. Béate – j'ignorais encore son côté prédateur –, je pus alors contempler pour la première fois de mon existence cet objet fétiche, devenu une excroissance naturelle des bras de nos occupants. Certes, si j'en crois les magazines de Monsieur, il est un véritable nid à microbes, comme les claviers d'ordinateurs, les poignées de caddies et les cacahuètes de bar. Mais ce risque de contagion m'est indifférent, étant immunisée aux bactéries et notamment à l'Escherichia coli[8]. Toute mon attention se porta sur l'écran fluorescent.

À y regarder de près, les caractères composant une suite de hiéroglyphes ne m'étaient pas inconnus. Cela étant, l'agencement des chiffres et des lettres me laissait dans l'expectative, sans l'appui d'une pierre de Rosette. En dépit du programme d'histoire suivi par le petit, j'écartai toutefois la piste de l'Égypte ancienne, comme celle du parler banlieue mâtiné de verlan qui s'est pourtant propagé jusque devant nos portes. « Ça me vénère ! », « Elle est trop kiffante la meuf ! », « Comment j'lui ai niqué sa race à c'bouffon ! ». La sténographie fut aussi envisagée, mais c'eût été faire insulte à Xénophon transcrivant les discours de Socrate.

[8] À l'exception de la boîte au courrier volumineux, nous sommes peu sujettes aux microbes.

L'énigme me paraissait hors de portée. Soudain, dans un flash, je compris alors que ces messages présentaient un lien de parenté avec les contenus des mails dont nous avions eu la copie, comme en témoignait la présence du *smiley*. Avec une nuance de taille. Si les auteurs des mails restent au niveau du cours préparatoire, ceux des SMS ou Simples Messages Stupides se réfèrent sans vergogne à l'idiome de Tarzan lorsqu'il échangeait avec Jane dans la version campée par Johnny Weissmuller[9]. À croire que, plus un support de communication est sophistiqué, plus le langage qu'il véhicule est rudimentaire. J'exagère ? Vous l'aurez voulu. Voici la causerie qu'il m'a été donné de surprendre. Attention, certaines expressions peuvent heurter la sensibilité des plus âgés, ainsi que des personnes non averties.

— Ki C

— C moa

— Ouessequeté

— Kfé

— JspR ktu va bi1

— koi29

— ras

Je vous laisse reprendre votre souffle…

---

[9] Notre regrettée concierge ne se lassait pas de leurs aventures au point de les faire partager en boucle à l'ensemble des étages inférieurs des deux bâtiments.

Votre pouls est redescendu d'un cran ? Parfait. Attention aux yeux !

— tu vi1 2 m'1
— 1posibl
— j'tapLDkej'pe
— A12C4
— :-([10]

Je sais, les mots vous manquent comme ils m'ont manqué pour qualifier un tel phrasé, une telle économie de style. Même dans les prospectus les plus arides, il est difficile de relever pareil cas de minimalisme. N'en tirez toutefois pas de conclusions prématurées. L'adolescent, c'est connu, déploie des trésors d'imagination pour rendre son univers impénétrable. Cela ne signifie pas pour autant qu'il soit décérébré. Au contraire. À cet âge, il est important de cultiver son jardin. En secret. Pour forger sa personnalité.

Par confort, j'aurais néanmoins préféré que cette littérature ne s'égare point en moi. Mais c'est ainsi, il ne sert à rien de se voiler le portillon. Aussi, pour ne pas sombrer davantage, décidai-je de prendre ce dialogue au second degré, en misant sur le caractère rebelle des adolescents. « Non » n'est-elle pas leur réponse favorite, comme nous avons pu nous en assurer, à toute heure du jour et de la nuit ? Déjà, dans cette

[10] Malgré son évidente sobriété, le smiley non souriant est difficilement traduisible. Dans le cas présent, sa mine renfrognée laisse supposer une déception s'agissant du rendez-vous manqué.

négation, on sent poindre le goût immodéré pour la concision, l'absence totale de fioritures. Dès lors, l'échange précédent se situe dans la droite ligne de cette philosophie. Ce qui, vous en conviendrez, témoigne d'une belle constance. Et puis cette singularité ne correspondait pas aux notes du petit dans ses bulletins scolaires, dont le dernier restait auréolé des « Compliments ». Rien a priori ne justifiait de s'alarmer de cette concurrence. Jusqu'à ce que Monsieur décide à son tour de me confier cette chose répugnante.

Je ne m'y attendais pas. C'était un matin de très bonne heure, peu avant le dégagement sur le trottoir des conteneurs empestés. Monsieur, tout en élégance, malgré une mise réduite au minimum, s'apprêtait à s'élancer pour son footing trihebdomadaire. En activant devant moi son chronomètre, il remarqua la présence de son portable dans l'une des poches de son coupe-vent. Visiblement contrarié – tout poids superflu peut s'avérer un handicap à son âge au bout de quelques hectomètres –, il fit demi-tour dans le hall d'un pas alerte, puis se ravisa et décida finalement de me transformer lui aussi en employée de vestiaire. À la différence du petit, il prit la voie naturelle en franchissant le seuil de ma porte, mais déposa l'appareil avec tant de hâte que, au contact, l'écran scintilla. Curieusement, l'objet de Monsieur paraissait des plus sommaires. Pas de pavé tactile ni de capteur photo, encore moins de fonctions multimédias. Les besoins en la matière seraient-ils inversement proportionnels au nombre d'années de l'appelant ou du répondant ? En tout cas, malgré son caractère préhistorique, il pouvait adresser et recevoir ces fichus SMS. Et là, quel ne fut pas mon émoi ! Dans la masse composite des éléments reçus, on y trouvait certes des « bjr » (bonjour), « bsr » (bonsoir), « slt » (salut), qui ne portaient pas à conséquence. Ils me rappelaient même avec émotion les contenus des télégrammes aujourd'hui disparus. Ah ! le télégramme et ses compactages agrémentés de « stop » : « Bjr. Stop. Rdv annulé. Stop. Reviens demain par le train. Stop. Biz. » La vie postale est un éternel recommencement et les promoteurs des SMS n'ont finalement rien inventé. Beaucoup plus inquiétant, on y croisait des « a b1to », « komencava », « jenémar » et « jeteléDjadi ». Ce qu'un télégraphiste digne de ce nom n'aurait jamais accepté. Sans oublier un penchant manifeste pour la siglaison : CTUP (c'est toujours un plaisir), MDR (mort de rire) et PAMM (parle à ma main)... J'en passe et des pires. PAMM, pourquoi pas PAMP (parle à mon portillon), je vous jure !

De prime abord, il était tentant de mettre ces incongruités sur le compte d'un retour d'adolescence. D'autant que les cartes de fête et d'anniversaire de la maman de Monsieur m'invitaient à aller dans ce sens. Or il s'agissait bien de messages entre adultes et non d'échanges pittoresques du petit à son père. Il fallait se rendre à l'évidence : Monsieur s'extériorisait à la manière de son fils lorsqu'il empruntait la voie du portable, en privant du même coup de son dû l'une de mes consœurs. En revanche, après une série de barbarismes, je découvris avec stupeur un long message adressé à la jeune doctorante. Et là, point d'idiome contracté, c'était même tout le contraire. Par cette voie antinaturelle, Monsieur lui livrait ses appréciations sur les dernières lectures qu'elle lui avait recommandées, telles « Le sel et le soufre » d'Anna Langfus et la trilogie de Charlotte Delbo. Aussi, quand il revint vers moi pour reprendre possession de son bien, je ne manquai pas de lui faire part de ma réprobation, en grinçant ouvertement des charnières. Ce que jadis je ne me serais jamais permis. Mais cette saute d'humeur ne m'apporta qu'indifférence.

C'est étrange, après des siècles et des siècles de lutte sans merci, nos hôtes ont acquis la liberté d'opinion et d'expression. Et ils l'utilisent non pour la sublimer, mais pour la réduire à l'extrême, jusqu'à l'absurdité, au moyen d'une *novlangue* totalement régressive. Je vais finir par admettre que, comme dans un monde futuriste déjà décrit, « La liberté, c'est l'esclavage » et « L'ignorance, c'est la force »... Car le portable, cette arme de destruction massive, engendre bien sûr des effets collatéraux, les cartes de vœux étant comme toujours les premières victimes. On ne compte plus aujourd'hui, sur le théâtre des opérations postales, les boîtes esseulées, vampirisées, vidées de leur chair. Ce qui faisait notre bon plaisir, irradiait notre intérieur, nous donnait de l'allant pour une année entière, est devenu aussi rare qu'une enveloppe timbrée portant le cachet « premier jour ».

Dans l'un des derniers exemplaires « papier » du quotidien de Monsieur, j'ai découvert avec stupeur que plusieurs centaines de millions de SMS étaient envoyés le jour du Nouvel An. Plusieurs centaines de millions de messages, c'est autant de cartes en moins pour nous les boîtes. Et je n'ose imaginer leur teneur. Ô temps du progrès, suspends ton vol pour le salut de nos âmes !

9.

Claquemurées, privées de compagnie et désormais faméliques : voilà aujourd'hui notre funeste condition, proche de celle d'un otage en terre hostile ou d'un malade en phase terminale. Si au moins vous nous portiez quelque attention comme dans une unité de soins palliatifs, nous supporterions mieux cette fin programmée. Mais non, jamais une caresse, un mot doux ou une marque d'empathie. Rien. Le vide affectif total. Et pas l'ombre d'une cellule psychologique en soutien. Certes, par la volonté de notre inspiré Créateur, nous sommes faites de bois, de fer ou d'alliage, mais tout de même nous ne sommes pas des bêtes ! Quoique, si nous en jugeons par le culte que vous vouez à vos animaux de compagnie, nous préférerions parfois avoir du poil au portillon. Une toison affriolante en lieu et place de notre ronce de séquoia, sans doute serions-nous mieux considérées…

Réfléchissez… À combien estimez-vous le nombre d'êtres bienveillants parmi vous ? C'est-à-dire ceux qui ont déjà versé dans l'assistance à boîtes aux lettres en danger. Cinquante ? Vous n'y êtes pas. Combien d'entre vous ont déjà toiletté l'intérieur de leur boîte ? Quarante-cinq ? Toujours loin du compte. Posé au fond de nous une chute de moquette pour le confort de nos invités de passage ? Quarante ? Que nenni ! Effacé avec tact les traces du dernier sticker collé à la sauvette ? Trente ? Sans doute pas. Lubrifié nos charnières et nos gonds ? Astiqué nos portillons ? Vingt ? Dix ? Réfléchissez… Sans pour autant vous mettre à la place d'Abraham dans l'épisode de l'intercession pour les cités de Sodome et Gomorrhe.

Régulièrement – nous en sommes les témoins –, vous n'hésitez pourtant pas à cajoler votre deux-roues, mode de locomotion au demeurant parfaitement estimable. Et que je te lustre la sellerie. Et que je te réadhésive les poignées. Et que je te graisse les roulements. Et que je te regonfle le moral de ses chambres… Mais votre boîte qui, par le courrier véhiculé, vous transporte aussi dans des univers éthérés ? La réponse ne fait pas mystère. Si nous évoluions dans une entreprise, comment appelleriez-vous un tel comportement à notre égard ? Indifférence, mise au placard, harcèlement moral ? Oui, harcèlement moral. Assurément. Au cas où vous l'auriez oublié, je vous en rappelle la définition, tirée du Code du travail — la boîte au courrier volumineux en a reçu un exemplaire pour le compte du président du conseil syndical. Cette forme de harcèlement se caractérise par des « agissements répétés ayant pour objet ou pour effet une dégradation des conditions de travail susceptibles de porter atteinte aux droits et à la dignité, d'altérer sa santé physique ou mentale ou de compromettre son avenir professionnel ». Des « faits répétés », « susceptibles de porter atteinte à sa dignité » ou « de compromettre son avenir », on ne saurait mieux dire. J'irais même plus loin, car cette conduite abusive, aussi détestable soit-elle, se concentre surtout vis-à-vis d'un tiers. Lorsqu'elle vise l'ensemble d'une communauté, la nôtre en l'occurrence, il ne s'agit plus d'agissements, mais d'une forme d'extermination. Ne croyez pas que j'exagère. Nous cloîtrer dans un lieu sans lumière, organiser méthodiquement la pénurie pour aboutir à notre disparition, au seul bénéfice d'une technologie dite supérieure : qu'est-ce donc, si ce n'est une extermination ? Et ce, dans l'impunité la plus totale, sans que personne ne s'en émeuve, même Monsieur, pourtant attaché aux idéaux des Lumières. Toute notre existence part en lambeaux. Et vous ne bougez même pas l'auriculaire.

Les faire-part, pour ne prendre que ce symbole de la correspondance, ne cessent de se raréfier. À commencer par les plus festifs, ceux qui convient aux cérémonies de mariage. Comment pouvons-nous aspirer à une once de bonheur, si vous, propriétaires occupants, locataires stables ou emménagés de l'année, décidez de ne plus vous marier ? À court terme, ce n'est pourtant pas dans notre intérêt de vous pousser à convoler. Deux personnes sous le même toit, c'est forcément une boîte qui en fait les frais. Mais nous préférons vous voir fonder une famille, avec un beau bristol à la clé. Car nous regardons plus loin que le bout de notre abattant. Oui, « ils se marièrent et eurent… beaucoup de boîtes aux lettres ».

Certes, le pacte civil de solidarité, fort décrié à l'époque de son institution – je tairais les slogans clamés au-dehors – nous avait redonné quelque espoir. Hélas, à ma connaissance, aucune boîte de mon entourage n'a encore reçu de faire-part d'invitation à un pacs. Aussi symbolique soit-il, celui-ci reste confiné dans sa dimension juridique de protocole destiné au tribunal d'instance. C'est regrettable. Quant au mariage pour tous, il n'a en rien réussi à renverser la vapeur. En revanche, je vous l'accorde, les procédures de divorce sont légion. Cette évolution ne nous étonne guère, au vu des chamailleries auxquelles nous sommes tenues d'assister. Certes, deux personnes dont les chemins se séparent, c'est assurément une boîte qui éclot ou retrouve une nouvelle jeunesse. Mais ces désunions ne génèrent aucun bristol et le courrier contentieux qui en découle ne nous procure aucune satisfaction. Pire, il nous laisse même craindre des mouvements d'humeur – comme un portillon refermé sauvagement – notamment au premier avis d'échéance de pension alimentaire.

La tendance séculaire est donc à la raréfaction des faire-part. Pourtant, à un moment, nous crûmes à un retournement, une conversion de dernière heure, car nous en reçûmes toutes en abondance. C'est l'année où canicule et vague épidémique s'abattirent sur l'ensemble du territoire avec des températures record au beau milieu de l'été. Un événement climatique exceptionnel au point que, malgré notre habillage double enveloppe en tôle d'acier, nous en avions nous-mêmes souffert. Souffrance physique, mais aussi morale avec le détournement habituel de courrier vers vos lieux de villégiature. Néanmoins, nous savions que cette saison est propice aux rapprochements — on s'embrasse davantage devant nos portes à cette époque de l'année. Avec un mercure en folie, nous pouvions donc supposer que, dans l'exaltation, les tourtereaux brûlassent une étape pour se retrouver directement devant la mairie.

Ce fut loin d'être le cas. Au lieu d'épousailles, les faire-part n'annoncèrent que funérailles, encore et encore. Avec, parmi les victimes, les plus de soixante-dix-sept ans qui, après avoir délaissé Tintin, laissèrent plus d'une boîte orpheline. Comme quoi le réchauffement de la planète, qu'il soit ou non d'origine anthropique, entraîne dans les halls des dommages collatéraux insoupçonnés.

Vous ne vous mariez plus, vous ne souhaitez plus la bonne année ni les fêtes et anniversaires, du moins par la voie épistolaire — à l'exception notable de la maman de Monsieur. Et le courrier résiduel, dont nous sommes encore les comptables, reste inodore, incolore et sans aucune saveur. Plus de fleurs parfumées, ni d'animaux messagers. Mais toujours plus de relevés, de quittances à acquitter et de sollicitations renouvelées d'associations caritatives — les maladies orphelines n'ont d'ailleurs plus aucun secret pour nous.

Chaque jour, on en sait davantage sur l'évolution de vos découverts et le cumul de vos agios, comme sur le détail de vos communications et de votre consommation internet. En revanche, on en sait de moins en moins sur la chaleur de vos émotions et la profondeur de vos sentiments, tout ce qui constitue la noblesse du courrier et enchante notre existence. Le contenu a donc pâle figure — il sent lui aussi venir le crépuscule. Et le contenant n'a rien à lui envier. Il remplit pourtant sa fonction d'imaginaire.

Une enveloppe à la dimension 70 par 100 laissera présager un remerciement appuyé, une carrée au gabarit 140 par 140 une invitation à s'évader, une petite à fenêtre une facture à régler et une grande au format A4 un courrier à ne pas négliger. Sans oublier celle à soufflet qui abrite souvent un document de la plus haute importance. Vous voyez, la taille a pour nous son utilité. Hélas, tous ces ressorts sont cassés par la course à l'uniformisation. Pourtant, vous n'imaginez pas à quel point nous chérissons notre enveloppe 110 par 220. Mais depuis qu'elle tend à devenir le seul modèle en circulation, surtout dans sa version préaffranchie, il nous est difficile de recouvrer nos stimuli d'antan. Aussi nos papilles sont-elles au trente-sixième dessous. D'autant que l'enveloppe n'est pas le seul élément à passer au moule de la standardisation. Les timbres, figurines inscrites au patrimoine de l'humanité, n'y échappent pas non plus. Enfin, timbre, c'est un bien grand mot. Déjà, ils n'avaient plus de dentition comme les pangolins (*manis tricuspis*). Désormais, ils s'apparentent à de banales vignettes d'un gris bleuté rappelant les avis de décès. Seule l'estampille « République Française » leur permet de faire bonne mesure.

Notre chemin de croix ne s'arrête pas ici pour autant. Les flammes, ces oblitérations courues par nos amis philatélistes, sont aussi en voie d'extinction. Comme les philatélistes eux-mêmes. Qu'elles soient commerciales, touristiques ou émises par des ministères, elles ravissaient nos sens. C'est étonnant d'ailleurs comment un si petit croquis à peine légendé pouvait autant nous transporter. « Angoulême, sa cathédrale, ses remparts, son hôtel de ville », « Le Tréport, la plage de Paris », « Cannes, sa saison dure toute l'année », « Deauville, ici, on aime bien les chevaux »… Et l'une de mes favorites : « Aérez votre esprit, ouvrez-vous au Monde… collectionnez les timbres ». Quelle poésie ! On croirait un haïku, cette figure de style japonaise aussi brève que symbolique. Or, à la place de ces cachets pittoresques, on ne trouve plus désormais que de vagues ondulations, comme des portées sans notes déformées par l'arthrite. Ô correspondance, que de crimes on commet en ton nom !

Las, en dépit de ces atrocités, nous ne sommes pas encore au bout de notre calvaire. Au détour d'une conversation, nous avons découvert que la Poste, notre administration souveraine, a décidé d'enfoncer le clou, en lançant une formule de lettre en ligne. Oui, vous m'avez bien lu, une lettre électronique adressée via internet en tous points du globe. Un non-sens tragique. Imprimée par ses soins, elle est distribuée en J + 1 en métropole, c'est-à-dire un jour après son envoi, alors que le courrier traditionnel dans sa version économique et écologique – comprenez lorsqu'il ne prend pas l'avion – est délivré en J + 2. Rendez-vous compte : collaborer sans vergogne avec notre fossoyeur pour tenter de nous contourner, uniquement pour des raisons commerciales.

Notre tutelle pourrait ici arrêter la torture. Hélas, elle a décidé de poursuivre le supplice chinois, en s'acoquinant avec un opérateur de téléphonie mobile pour offrir je ne sais quel *package* à ses clients. Comme s'il fallait en rajouter à ceux qui rechignent déjà à écrire et se plaisent à torturer les mots. Alors que l'Organisation mondiale de la santé (OMS) a classé comme « possiblement cancérogène » les champs électromagnétiques liés à l'usage intensif du téléphone mobile – au moins trente minutes par jour durant une période de dix ans –, La Poste ne trouve rien de mieux que d'encourager cette concurrence pathogène. Et dire que son logo, adopté il y a plus d'un demi-siècle, représente un oiseau stylisé à mi-chemin entre un pigeon voyageur et un avion de papier…

Pour l'heure, seuls nos valeureux messagers nous comprennent. Lors de leur visite désormais éclair, ils ne pipent mot de nos malheurs, mais nous voyons clairement se dessiner le masque de la compassion sur leurs visages attristés. « Allez les boîtes, soyez fortes, résistez, nous sommes de tout cœur avec vous », pouvons-nous lire au fond de leur regard humide. Ce qui nous apporte une pointe de réconfort, à défaut de nourriture spirituelle. Ils sont d'ailleurs logés à la même enseigne dans la mesure où, pour compenser cette abstinence scripturale, il leur est demandé de livrer colis et médicaments comme des livreurs de pizza. À ce train, on exigera bientôt d'eux qu'ils réparent la plomberie et l'électricité. À moins que, dans un sursaut de conscience et d'humanité, vous décidiez à vous défaire de vos TIC, ces technologies de l'information et de la communication, pour revenir dans le droit chemin de la correspondance.

À l'heure où l'on recense des milliers de boîtes à l'abandon, envahies par les mauvaises herbes de la propagande, il est encore temps d'agir, en dépit des avancées de la Toile. Dame nature, on le sait, a horreur du vide. Et les boîtes aux lettres plus que tout.

10.

Avant de prendre congé, j'aimerais donc faire un vœu ou plutôt un rêve. Un de ces rêves forts et fondateurs. Pas l'un de ceux, quelconque, qui vous aide à préparer le lendemain, mais celui plus rare qui peut changer une destinée. À l'instar de ceux accomplis par César, Descartes ou Einstein. Un rêve où, par je ne sais quelle grâce miraculeuse, tout un chacun retrouverait le temps pour coucher ses idées, ses joies ou ses peines sur la matière de son choix. « Coucher ses idées »… rien qu'à cette évocation, je me sens renaître ! Oui, je rêverais que vous retrouviez le plaisir d'écrire, ce degré supérieur de la communication. Écrire dans l'espoir d'une réponse évidemment, nous ne sommes pas totalement désintéressées. Une carte ou une lettre, peu nous importe du moment qu'elle fait appel aux quatre sens, comme pour la dégustation d'un grand cru : le visuel, l'olfactif et le gustatif bien sûr, mais aussi l'intelligence pour la synthèse.

Car, j'en suis intimement persuadée, tout peut être calligraphié : un cri, une émotion, une audace, une bienséance, une vibration de l'âme ou une liaison d'amour. Tout ce qui ressemble de près ou de loin à une transcendance. Ce trait, ce jaillissement, s'il nous parvient ensuite dans nos entrailles, constituera alors le meilleur des élixirs de jouvence. Oubliés les factures et titres de paiement, effacés les rappels et commandements de payer, seul subsistera le plaisir d'avoir goûté ces œuvres du cœur et de l'esprit.

Ce rêve n'a rien d'utopique. Écrire n'est pas un luxe, seulement une huile vertueuse dans les rouages du quotidien. En même temps, je comprends votre anxiété. Écrire subitement sur une page blanche lorsqu'on a usé et abusé du clavier peut donner le vertige. D'un coup, on quitte le chemin des gribouillis de l'instantané – les mdr et autre ptdr – pour emprunter la grande autoroute des lettres. Avec l'horizon en paysage et le frisson garanti. Qu'il doit être grisant de laisser filer sa pointe et de découvrir en retour une autre écriture que la sienne, celle d'un parent ou d'un proche, qui vous livre à son tour les raisons de son cœur ! Quelle que soit sa forme, espacée ou condensée, montante ou descendante, penchée, arrondie ou anguleuse, en guirlande ou jointoyée, avec un trait ferme ou léger, elle nous fera vibrer et nous apportera ce supplément d'âme qui fait désormais terriblement défaut.

***

Mon journal intime, timide avancée sur le chemin de la résilience, se termine ici. J'aime à croire que vous avez apprécié ces tranches de vie qui sont aussi les vôtres. J'ose aussi espérer que, chaque matin, en passant devant votre boîte aux lettres, vous ne la regarderez plus du même œil. Que vous saurez apprécier le moindre battement de son portillon ou de son abattant. Car vous ne pouvez plus l'ignorer maintenant, le meilleur ami de l'homme ou de la femme, ce n'est pas un banal mammifère à quatre pattes, mais ce corps cubique qui, sous une apparence fruste, est chargé d'affection. Un compagnon fait de bois, de fonte ou d'acier qui, dès le premier jour où vous l'avez marqué de votre nom, a fait serment d'allégeance et de loyauté. En revanche, à l'instar de votre plus grande conquête, nous ne pouvons vivre dans la solitude ; nous avons besoin d'air et de lumière. Il est donc plus que temps de faire revenir ici-bas les concierges, de débrancher les interphones et de retrouver le chemin de l'écriture, ce plaisir de retranscrire cette part d'intime qui transite désormais par les nouveaux vecteurs de communication.

Dans ce monde virtuel et interconnecté où seuls les caractères stéréotypés sont échangés, tout ce qui touche au plus profond de l'âme est désormais contenu, endigué, refoulé, comme s'il ne fallait plus livrer une once de sentiment, le moindre signe d'humanité. Si cette dégénérescence devait perdurer, l'issue, fatale, ne ferait guère de doute. Nous aurons disparu aussi rapidement qu'on mettait hier une lettre à la Poste. Nous aurons quitté les halls d'entrée pour grossir l'inventaire d'un de ces musées des arts et traditions populaires. Et, dans ce lieu hors du temps, un guide obligeant tentera de sensibiliser les visiteurs en leur disant : « Maintenant, sur le mur en face de vous, vous pouvez apprécier un ensemble unique de boîtes aux lettres. Oui Madame, jusque dans la première partie de ce siècle, ces boîtes sur lesquelles on plaquait le nom des occupants servaient à réceptionner le courrier en leur absence. Munies d'une petite serrure, elles étaient l'égale d'un coffre-fort ». « Ah oui, je me souviens ! », lâcheront les plus âgés, avec un brin de nostalgie. Et les autres demanderont en chœur : « Euh, pardon… c'est quoi, le courrier ? ». Mais personne ne percevra alors le léger tremblement émanant d'une des rangées de ce sanctuaire.

Postface

Vous vous demandez probablement comment une boîte aux lettres a pu dicter son journal intime. Et vous n'êtes pas loin de penser à une supercherie. Comme je vous comprends.

Pour ne rien vous cacher, je dois cette prouesse à Monsieur qui, aux heures les plus improbables, a enregistré sans relâche mon vécu et mon ressenti par le seul moyen de communication à ma disposition : le battement de mon volet métallique qui barre toute la longueur de ma fenêtre, comme l'a accompli jadis avec sa seule paupière une personnalité atteinte du syndrome d'enfermement. Ce fut long et malaisé au commencement puis, la complicité aidant, l'efficacité de nos rapports alla croissant, entrecoupée de phases d'euphorie et d'asthénie, pour aboutir à cet ultime feuillet.

Je tiens à souligner l'élégance de Monsieur qui, malgré certains passages pouvant le desservir, n'a en rien altéré ou amendé le contenu de ma pensée. Qu'il trouve ici l'expression de ma plus profonde gratitude et soit assuré de ma respectueuse considération.

À cet effet, j'ai pris la liberté de faire inscrire son nom sur la couverture, le nom que j'ai l'honneur de porter.

Achevé d'imprimer chez SoBook le 29-08-2023

Linselles - France

N° impression : 859 940